L'ARTE DI RIPOSARE

CONSIGLI DI UN VECCHIO MEDICO

Giovanni Battista Ughetti

© 2023 Culturea Editions

Texte et illustration de couverture : © domaine public
Edition : Culturea (Hérault, 34)
Contact : infos@culturea.fr
Retrouvez notre catalogue sur http://culturea.fr
Imprimé en Allemagne par Books on Demand
Design typographique : Derek Murphy
Layout : Reedsy (https://reedsy.com/)

Dépôt légal : janvier 2023
Tous droits réservés pour tous pays

ISBN : 9791041842353

PREFAZIONE

Anche questo volumetto è tratto dai manoscritti che ha lasciato l'autore del Medici e clienti e del Viaggio intorno al mio studio. Queste note su L'arte di riposare furono trovate, come le precedenti, in un certo disordine, ed è stato mio unico compito quello di aggrupparle in paragrafi e disporle in capitoli, senza toccarne per nulla la sostanza. Non è colpa mia se ci si trova qualche imperfezione, più d'una lacuna, e perfino qualche anacronismo, come se l'autore avesse anteveduto cose che dovevano accadere parecchi anni di poi; tutto ciò è dovuto a che egli, occupatissimo a fare il medico, le ha buttate giù come e quando gli è stato possibile senza ordine prestabilito.

Dalla lettura di queste pagine si arguisce che deve averle pensate e scritte quando era già inoltrato negli anni, dacchè si scopre in alcune pagine una punta di ironia associata ad una benevola indulgenza, come è proprio dell'età che declina e si consolida nella saggezza. Ciò che a taluno può sembrare strano è che si occupi quasi esclusivamente del riposo dei lavoratori dell'intelligenza. Ma ciò dimostra appunto che il concetto del libro risale ad un tempo in cui regnavano molti pregiudizi, fra gli altri quello che la forza dell'intelletto avesse maggior importanza che quella delle braccia. Se avesse scritto il libro più tardi, cioè quando non era più vivo, avrebbe senza dubbio modificato le sue idee, vedendo che il dominio del mondo sta per essere assunto dalle masse, che lavorano con le braccia le quali masse hanno poche idee proprie, e quelle poche istintive e nebulose, ma ne ricevono in copia da chi s'incarica di pensare per loro ed in loro esclusivo vantaggio. Si potrebbe obbiettare che in tal caso sono sempre i pensatori quelli che hanno il predominio, ma non è qui il caso di spingere troppo oltre le deduzioni. Chi ha scritto queste pagine era semplicemente un medico, il quale ha voluto fare in esse opera di medico, senza alcuna pretesa filosofica o sociale.

Scrisse Cartesio che «coloro che si prendon la briga di dare precetti devono credersi più abili di quelli a cui li danno». Ora il nostro autore, si credeva più abile solo in ciò che riguardava l'arte sua, ed è in questo senso che intendeva dar precetti ai veri o presunti malati di fatica.

Egli ha conosciuto personalmente, ed aggiungerò intimamente, il lavoro ed il riposo; qualche volta ha curato se stesso delle conseguenze di una eccessiva fatica, mille volte ha curato negli altri gli effetti della fatica e quelli dell'ozio.

Ed in queste occasioni si è convinto che i mezzi curativi della prima e del secondo stanno in piccola parte nei barattoli del farmacista; per la maggior parte invece sono riposti nelle energie latenti del paziente. E dico paziente, non per abuso inconsapevole d'un termine famigliare ai medici, ma perchè sì l'ozio che la fatica producono vere e proprie malattie. Perchè si possano impiegare medicamenti chimici è necessario che nei recipienti della farmacia ne esistano; così, perchè i consigli abbiano efficacia, occorre che nel paziente non sia spenta ogni energia volitiva. Fare appello ad un'energia che più non esiste, sarebbe come raccomandare ad un povero contadino carico di figli d'andarsi a curare ad Aix-les-bains. Nè d'altra parte la volontà ha efficacia se, come in questo contadino, manca la possibilità materiale ch'essa sia obbedita. Vi sono razze e stati sociali nei quali ogni attività individuale è soffocata dalla mano di ferro del destino ineluttabile. Certamente fra pochi secoli saranno svincolati dal peso delle loro catene anche questi uomini, che sono stati e sono sempre la maggioranza, ma finora, e forse ancora per un po' di tempo, l'igiene individuale sarebbe ipocrisia e menzogna se pretendesse di rivolgersi direttamente ad essi.

Questo volumetto, ripeto, è destinato a coloro che lavorano col cervello più che con le braccia, e che dispongono della loro volontà, e, poco o tanto, di mezzi sufficienti ad eseguirne gli ordini. È perciò, come oggi si direbbe, un libro borghese. Borghese sì, ma non aristocratico perchè insegna pure a non confondere l'ozio col riposo, anzi dimostra come l'ozio sia talvolta così faticoso che trova il suo riposo soltanto nel lavoro.

G. B. UGHETTI.

CAPITOLO I.

Lavoro e riposo

«*Quod caret alterna requie, durabile non est*».

OVIDIO.

Sommario: L'igiene del lavoro. – De morbis artificum. – Saper riposare. – La statua del pensatore. – Ritmo della vita. – Lavoro nojoso e lavoro intenso. – Si lavora troppo e male. – L'ideale dell'artista. – Quante volte batte il cuore. – Ambizione e ricchezza. – Neurastenia. – La signora di Lussemburgo. – L'ozio. – Atrofia da riposo. – Monumento al lavoro.

Quando Ramazzini, duecento anni fa, pubblicò il suo trattato: de morbis artificum, non avrebbe creduto certamente che la sua idea dovesse rimanere, come un seme chiuso in una scatola, sterile, ignorata quasi, per un paio di secoli, ma non avrebbe neppure preveduto che poi dovesse, d'un subito, germogliare e dare origine, in tempo brevissimo, ad un rigoglioso albero ricco di foglie, di fiori, e perfino di qualche frutto. Infatti il lavoro è stato, da alcuni anni in qua, per opera di medici e di sociologi, oggetto di molte ricerche, di molti studi, diciamo pure di molti lavori, che hanno avuto per risultato: parecchi volumi, varii congressi, alcune leggi e qualche reale beneficio.

Se però sono state scritte numerose opere sull'igiene del lavoro non mi consta che alcuna sia stata pubblicata sull'igiene del riposo .

La fatica dei campi e delle miniere, delle officine e del tavolino, la ginnastica, la podistica, la scherma, l'equitazione e perfino l'aeronautica, tutto è stato analizzato e circondato dai cuscinetti di previdenti consigli, mentre nulla si è detto sull'arte del riposo, sulla scienza del non far niente.

Tutti gli igienisti hanno saggiamente consigliato di alternare l'ozio all'attività, ciò che del resto l'umanità ha fatto sempre, anche senza i loro consigli; ma nessuno di essi ha escogitato e suggerito come e quando si debba interrompere il lavoro; mentre il saper riposare è così importante come il saper lavorare. Importante, s'intende, per la conservazione della salute e il prolungamento della vita; due fini, dei quali il primo è più ragionevole, il secondo più istintivo, ma che tuttavia vanno strettamente congiunti; tant'è vero che l'uomo mira ad essi costantemente pur facendo quanto occorre per non raggiungerli. Questi due scopi dipendono sovente, è vero, dalle circostanze, ma per buona parte dipendono da noi stessi.

Il riposo domenicale, la ricreazione dei collegiali, le vacanze degli scolari e dei professori, le ferie dei magistrati, i congedi e la giubilazione degli impiegati, rappresentano pause brevi o lunghe che interrompono o chiudono i periodi di attività diretti al compimento di qualche opera determinata; ma in che modo sono impiegate queste pause?

L'operaio di molte città e villaggi si riposa ubbriacandosi; l'impiegato, messo in quiescenza, o assume un'altra occupazione che gli dà da fare più della prima, o si abbandona all'inerzia più completa, che non tarda a prosciugargli del tutto il cervello; qualche altro le dedica invece alla caccia della promozione o del trasferimento ed a tal fine si chiude nel laboratorio o nella biblioteca e lavora anche più che nei periodi scolastici. Talvolta si chiude nei corridoi del Ministero e del Parlamento.

In breve pochi riposano bene, come dovrebbero, per compensare le spese d'energia già fatte e prepararne della nuova per l'avvenire.

Per quanto si riferisce alla fatica manuale, si sono fissati con grossolana convenzionalità, i limiti del lavoro, ma, finito questo, l'igiene abbandona il lavoratore a se stesso. La figura grezza delle otto ore dell'operaio non include alcun concetto sull'impiego delle altre sedici. Le otto ore del programma dei lavoratori contengono un'idea buona in una cifra approssimativa. Il fonditore richiede ore e modi di riposo diversi dal macchinista; questi, diversi dal minatore; quest'ultimo diversi dal falegname, e così via fino al contadino o al pescatore, che l'inclemenza del tempo costringe a lunghi ozii seguiti da periodi di lavoro intenso per l'aratura, la mietitura o la pesca.

Ma il lavoro ed il riposo degli operai propriamente detti, di quelli che lavorano coi muscoli, sono oggetto dell'igiene sociale più che della individuale; subiscono l'igiene imposta dalle leggi non quella suggerita dai medici. E ci sarebbe da credere che già le relative leggi sanitarie abbiano conseguito risultati splendidi, perchè da parecchi anni non si dà Esposizione artistica o industriale, non si dà inaugurazione di ponte e di edifizio, che non sia preceduta e accompagnata da cartelloni, gruppi, statue, di uomini nudi, ipertrofici, che spezzano catene, sollevano àncore o maneggiano martelli come festuche. In realtà poi non si tratta che d'una glorificazione adulatrice del sistema muscolare, con evidente trascuranza del sistema nervoso e particolarmente del cervello, al quale sono dovuti quell'esposizione, quel ponte, quell'edificio.

Talvolta però si è venuti ad una transazione, come ha fatto recentemente il Rodin, che ha battezzata Le penseur una statua creata dapprima per rappresentare Dante, nudo, poveretto, all'ingresso dell'Inferno, e poi ingrandita, anzi ingrossata di muscolatura, e collocata sotto quell'altro nome all'ingresso del Pantheon a Parigi. Il bronzo realmente s'impone per la sua grandiosità michelangiolesca ed i visitatori ammirano questo colossale uomo nudo, muscoloso all'eccesso, dalla fronte sfuggente, seduto in una posa incomoda, e passan oltre convinti d'aver visto un pensatore perché c'è scritto sul piedistallo.

Ma coloro che non sono propensi a lasciarsi imporre dalla bizzaria d'un artista o intontire dalle oficleidi della fama, osservano bene la statua, le girano intorno, la esaminano da vicino, la squadrano da lontano, ripensano alle vicende di questo bronzo, a tutti gli spropositi che Gsell ha attribuito a Rodin, e poi, scartando ciò che un critico insolente ha detto di quest'opera, qualificandola una réclame per pillole lassative, per lo meno si chiedono: Ma costui è veramente uno che pensa o non piuttosto un facchino, in riposo spastico, che medita qualcosa di truce? Certo, aggiungeranno mentalmente, non è un riposo ristoratore perchè, con tutti quei muscoli in contrazione, quando si alzerà, sarà più stanco di prima.

*

* *

Come riposano i veri pensatori, o almeno quelli che lavorano con la testa?

Generalmente non sanno riposare. Ognuno fa a modo suo e per lo più fa male. I fortunati che hanno scarso ingegno, anche di questo fanno un uso moderato, lo lasciano volontieri in pace. Coloro che ne sono dotati più o meno largamente, hanno invece la tendenza opposta, quella di abusarne. Per i primi la vita suol essere un riposo interrotto da qualche occupazione; pei secondi è un lavoro assiduo, con pochi intervalli di riposo.

Ad alcune classi di lavoratori del tavolino, esempio gl'impiegati, indipendentemente dal valore della loro intelligenza, la necessità del riposo periodico è stata consacrata in forme speciali: le vacanze autunnali e le brevi e lunghe licenze; ma sono tregue concesse più che all'intensità del lavoro, alla monotonia, all'uniformità, alla fastidiosità, se prolungata, intollerabile, delle loro occupazioni.

Altre classi, ad esempio gli industriali, i commercianti e sopratutto i professionisti, che compiono lavori assai più affannosi e faticosi, ma per compenso infinitamente meno tediosi dei primi, non godono d'ordinario il beneficio di siffatti riposi periodici; i loro ozii, quando pur se ne concedono, sono eventuali, saltuarii, accordati dalla loro volontà o imposti dall'esaurimento. Ragioni di ambizione, di lucro, di gare, d'impegni tengono il medico, l'avvocato, l'ingegnere, il banchiere, vincolato alla catena della sua professione, lo stimolano senza tregua ad un lavoro intenso, appassionato, dal quale non si sa staccare se non quando le forze minacciano di abbandonarlo o lo lasciano senza meno.

*

* *

Come la simmetria domina le forme, così il ritmo domina il movimento. Le stagioni, le lunazioni, le maree, le tempeste, i venti e le pioggie sono grandiose manifestazioni di questa legge, alla quale non sfugge il nostro organismo; come non vi sfugge neppure quello dei batteri. Perfino i fenomeni, morbosi subiscono variazioni ritmiche. La temperatura normale del nostro corpo è più bassa nelle prime ore dopo la mezzanotte e più alta nel pomeriggio; la febbre aumenta verso sera per scemare alla mattina; la tosse è spesso più forte alla mattina che alla sera; le nevralgie intollerabili in certi momenti, si calmano ogni giorno alla stessa ora.

Il ritmo dell'attività di tutto l'organismo appare, più che altrove, nell'alternarsi della veglia e del sonno; e forse questo riposo sarebbe sufficiente alla conservazione della salute, se l'uomo, più o meno civile, non fosse sottoposto al lavoro che, a quanto si dice, lo nobilita o magari lo santifica, ma in pari tempo lo sciupa. Il riposo periodico, a larghi intervalli, è anch'esso l'espressione d'un ritmo, apparentemente imposto dalla religione o dalle leggi, ma in realtà comandato dalla natura.

La maggiore o minore salubrità delle professioni, come quella dei mestieri, dipende in gran parte dalla possibilità di alternare il riposo ad un lavoro non eccessivo. Quell'igienista di gran fede che fu il Mantegazza sentenziò appunto che «la più salubre di tutte le professioni è quella del letterato o dello scienziato, che faccia, per tre ore al giorno anche il giardiniere e che dedichi almeno un mese all'anno al viaggiare». Peccato – aggiunge poi – che la miglior professione possibile sia la più difficile ad esercitare perchè richiede, in una volta sola, ingegno, denaro e salute; tre bellissime cose che vivono quasi sempre in discordia fra loro».

Non è prudente violare la legge del ritmo. L'operajo che non riposa alla domenica, deve poi riposare al lunedì. E se non fa nè una cosa nè l'altra, riposerà poi più presto dei suoi compagni ed in un modo non desiderato.

Ho conosciuto anni addietro un commerciante, il quale lavorava, come si dice, le 24 ore del giorno. Però, quando era molto stanco, esprimeva questo ragionevole desiderio: – Appena potrò sistemare i miei affari e liquidare la mia azienda, uscirò da porta orientale per non rientrare mai più in città. – Infatti, fuor di questa porta possedeva una villa, dove non metteva mai piede, ma della quale diceva sovente: – Là, se Dio mi dà vita, finirò i miei giorni. – E, lavorando, sognava la villa, col suo laghetto, i chioschi, gli scherzi d'acqua e i globi di vetro colorato. Senonchè, continuò a faticare, non liquidò nessuna azienda e un bel giorno d'autunno uscì da porta occidentale, in tiro a quattro, con fiori, banda e tutti gli altri ammenicoli con cui l'amicizia suol estrinsecare la sua afflizione.

Nè questo è un caso isolato. È la sorte della maggior parte dei forti lavoratori, che per venti o trent'anni aspirano ad una quiete, la quale raggiungono poi più inattesa e più solenne che non avrebbero desiderato. Sono quei lavoratori, che il pubblico qualifica instancabili, sol perchè non li sorprende mai in riposo. Non è già che non provino la stanchezza, ma la superano col miraggio di un delizioso lontano riposo, che forse non godranno mai.

*

* *

Nella vita civile non è soltanto il lavoro che spossa nervi e muscoli ed attossica il sangue. Si deve pure tener conto delle eventuali malattie, delle disgrazie, dei dolori morali gravi e di una serie di piccole sofferenze ripetute, insistenti, inevitabili, che non contano gran cosa prese ad una ad una, ma che, sommate, dànno, alla fine d'ogni giorno, un totale considerevole.

A cominciare dall'alba, quando avete ancor sonno e, vorreste dormire un'altra oretta, un ubriaco in ritardo passa sbraitando sotto la vostra finestra, le campane vicine annunziano non si sa cosa, il tram inizia le sue corse con un'odiosa disarmonia di sibili, stridori, scricchiolii e colpi di campanello; un vero concerto futurista. Tutto ciò già vi urta i nervi e vi predispone a non trovar niente di buono e di bello nel resto della giornata. Ma se pure vi foste svegliato allegro e pieno di roseo ottimismo, appena sarete fuori di casa troverete chi ve lo attutisce. Un tenue rimprovero del vostro superiore se avete la disdetta di possederne uno, o l'insolenza di un vostro dipendente, la spudoratezza di un intrigante, la vista dell'accalappiacani, di mendicanti, di una megera che percuote un bambino, d'un carrettiere che frusta un animale cadente, di monelli che lordano i muri, di cenci stesi all'aria; e poi le mosche, le zanzare, i grammofoni ambulanti, insomma tutto ciò che allieta la circolazione stradale d'una città per bene, colpisce il vostro sensibile organismo in tanti modi e forme, con tante piccole e medie scosse, che bastano da sole a lasciarvi in capo a poche ore così stanco ed affranto come quando scendete da un treno diretto dopo dodici ore di corsa.

*

* *

10

Oltre a lavorar troppo, l'uomo civile lavora male. Ben pochi hanno l'amore della loro professione. Il medico, l'avvocato, l'impiegato, il commerciante, il militare non lasciano occasione di biasimare e sovente maledire la loro carriera. Quasi tutti sconsigliano ai figli di seguire la loro strada.

Si compiono i propri doveri con avversione ed in vista d'un fine ben diverso da quello che dovrebbe essere e che gli estranei suppongono.

Perfino lo scienziato, fra le sue provette e le sue lenti, cerca un nuovo bacillo con l'occhio fisso al di là, alla cattedra che tra breve sarà vacante, alla missione lucrativa e divertente, alla commenda, all'Accademia, al Senato e magari al premio Nobel. Benedetto quel Nobel col suo premio. Ha istituito una vera lotteria, alla quale molti scienziati comprano biglietti, per accusare poi la ria sorte quando il loro numero è rimasto in fondo all'urna.

Perfino l'artista, che il pubblico suppone invaso dal sacro fuoco dell'arte, materializza il suo ideale nella commissione, nella scrittura, nell'onorificenza e seconda i gusti dei mecenati più che i suoi. — A che cosa pensate - chiedeva un tale ad un illustre e già ricco musicista - quando componete una sinfonia? — Penso - rispose il genio - a quanto me la pagherà l'editore.

Precisamente come l'ardito chirurgo che, mentre cava un tumore dall'addome, pensa talvolta all'onorario che gli caverà dalla cassa forte.

E sì che il mondo dell'arte e della scienza è quello in cui meno si sacrifica all'utile immediato, in cui meno si dimentica ciò che si fa per non pensare che a ciò che si vuole ottenere.

Degli altri mondi, meglio non parlare.

*

* *

I fisiologi hanno paragonato il nostro organismo ad una confederazione di Stati, e con ciò hanno espresso un concetto che ha in sè qualcosa di vero; ma sarebbero stati più esatti se l'avessero paragonato ad uno Stato solo, monarchico costituzionale, ove c'è un capo che comanda soltanto quando i suoi sudditi glielo permettono. Il nostro cervello è un re che impera sull'organismo, solo a condizione che i vari organi siano d'accordo fra loro e disposti all'obbedienza. La sua responsabilità effettiva è poi tale e tanta che esso, oltre a trovarsi soggetto ad emozioni frequenti e ripetute, deve lavorare peggio che l'ultimo dei suoi sudditi. Dei muscoli sudditi, alcuni lavorano a scatti, intermittentemente, o se lavorano alcune ore di continuo, ne pretendono poi altrettante di riposo, altri faticano incessantemente dal dì della nascita a quello della morte. Il cuore d'un uomo che abbia vissuto ottant'anni, può vantarsi, giunto all'ultimo battito, d'aver pulsato tre miliardi di volte senza interruzione. Ed il polmone d'aver respirato novecento milioni di volte. Ma anche questi organi hanno un breve intervallo di riposo fra un battito e l'altro, fra un respiro e il seguente. Pel cuore il tempo del riposo corrisponde a due quinti del tempo impiegato a contrarsi e dilatarsi, cioè, come diciamo noi medici, di una rivoluzione intera. In altri termini, in 80 anni il cuore fa 50 anni di lavoro e 30 di riposo.

Alcuni altri sudditi pare che lavorino senza tregua, come il rene, il fegato ed altre ghiandole secernenti; ma essi pure hanno brevi periodi di grande attività alternati a lunghi periodi di attività più debole o quasi nulla. Non è possibile stabilire una proporzione esatta dei reciproci rapporti, ma in generale si può dire che, quanto più forte e lungo è il periodo funzionale, tanto più lungo dovrà essere quello della successiva inerzia.

*

* *

Ciò che giustifica il lavoro è la necessità di procacciarsi i mezzi per raggiungere i due grandi ed esclusivi fini dell'esistenza, la conservazione dell'individuo e la continuazione della specie. Se si avessero a disposizione i mezzi di alimentarsi, di difendersi dalle intemperie e di procreare, non vi sarebbe alcun motivo di lavorare.

Nelle società civili esiste uno squilibrio grande, in questo senso, che i più faticano molto senza riuscire a procurarsi che scarsi e talora nocivi mezzi di sostentazione e di godimento; altri, e sono i meno, hanno a disposizione tutti questi mezzi senza compiere alcun lavoro. Di questi ultimi tuttavia, alcuni lavorano e lavorano molto, ora per un'abitudine contratta allorchè del lavoro avevano necessità, ora per un'abitudine trasmessa ereditariamente, ora per toccar la mèta di grandi ricchezze, onori, cariche; ora perchè trovano un godimento nel lavoro stesso, come lo si trova nell'alpinismo, nella caccia e in certi giuochi atletici. V'è pure chi lavora, dirò così, spontaneamente, istintivamente, perfino accanitamente, senza visibile scopo; hanno costoro il vizio del lavoro, come altri ha quello di non far niente. Ma il lavoro, fine a se stesso, è assurdo e sovente dannoso, come il bere senza sete o il mangiare senza fame. Gli stimoli più comuni al lavoro non necessario sono l'ambizione e l'avidità dell'oro. Si declami quanto si vuole, ci si creino pure le più arcadiche illusioni proletarie, ma ciò che oggi ancora, come in ogni tempo, riscuote la più sincera stima è la ricchezza. Si finge di onorare il lavoro manuale, ma in fondo all'anima lo si tiene a vile; lo si adula sol perchè si ha paura di chi lo pratica o perchè lo si vuol sfruttare. L'oro è stato sempre l'idolo innanzi al quale si sono prostrati tutti, grandi e piccoli, perchè si ritiene che il suo possesso rappresenti l'astensione dal lavoro ed includa ogni felicità. Anche questa, l'hanno ripetuto tutti i filosofi, è una grande illusione; ma, se si tolgono all'uomo le illusioni, che cosa gli resta?

*

* *

Il lavoro può divenire un'abitudine, può costituire perfino un piacere; in ogni caso non è punto una necessità di natura: è invece, come dice la Bibbia, un vero castigo di Dio. È il carissimo prezzo col quale l'uomo paga il suo dominio della terra e del mare, la sua supremazia sugli altri animali.

Le tribù primordiali e quelle che ancor oggi vivono allo stato ferino, non conoscono altro che ozio e guerra; il lavoro per acquistare il cibo oltrepassa di poco quello che compiono allo stesso fine le bestie che stanno loro intorno.

Ma per l'uomo civile il lavoro si è reso una condizione di esistenza sine qua non. Le nazioni sono tanto più civili quanto più faticano. Senonchè in una stessa nazione gl'individui superiori lavorano con la testa, gli altri con le braccia. In altri termini, inteso il lavoro come fatica muscolare, si può dire che i signori lavorano poco o punto; inteso come fatica nervosa, è addossato quasi tutto ai primi. E fin quando esiste questa distinzione, sarebbe uno spostamento dannoso alla società il lasciare ai muscolosi il compito di dirigerla, salvo il caso che nell'assumere tale compito essi si trasformino in intellettuali.

Anche coloro che non vivono del lavoro delle braccia e non possono trarre gran partito dal cervello, dànno spesso occupazione ai loro muscoli mediante gli esercizi detti sportivi. Ed in tal modo, anche fra i ricchi, vi sono degli oziosi che lavorano tutto il giorno. Saranno fatiche gradevoli perchè di propria elezione, ma sono pur sempre una prova che per l'uomo civile l'inazione completa è quasi impossibile. Uno di questi tali oziosi fa un'ora di toletta alla mattina, poi una lunga passeggiata a cavallo; al ritorno nuova toletta, quindi la colazione seguìta da un'ora di lettura e da un'altr'ora dedita agli affari della propria amministrazione. In seguito una seduta con viva discussione per la fondazione d'una società sportiva; poi visite, scherma, doccia, convegni d'amore e simili fino a pranzo, seguìto dal teatro o da parecchie ore di ballo. È certo che nessun impiegato, pagato per lavorare, s'affatica tanto quanto il nostro ozioso. È il caso di ripetere, come per certi truffatori, che se impiegassero in onesti affari commerciali tutto l'ingegno che spiegano per compiere delle mariuolerie, guadagnerebbero assai più che non ritraggano da quest'ultime.

*

* *

Se il lavoro finisce, con l'abitudine, per costituire un bisogno, perchè divenga fonte di piacere deve mirare ad un fine. Nulla di più penoso d'un lavoro senza scopo. Anche il villano che zappa la terra, pagato a un tanto al giorno, troverebbe più faticoso il lavoro se non sapesse che prepara il terreno alla semina, da cui nascerà il suo nutrimento. A tutti è nota la gioia che manifestano i carpentieri quando si vara una nave da essi costruita, e quella che provano i minatori d'un traforo alpino, quando, al compimento dell'opera vengono ad incontrarsi dalle due parti. Nelle Indie inglesi esiste qualche penitenziario, nel quale i condannati si affaticano a far girare delle grandi ruote che non servono a nulla. Il Torquemada, che ha inventato quella pena, doveva conoscere la psicologia della fatica meglio di Mosso e di Lagrange.

Invece il lavoro è tanto più leggero ed anche piacevole, quanto più evidente, agognato, il fine che per esso si vuol conseguire. Un noto romanzo di Eugenio Sue, La Pigrizia, è fondato appunto su questa verità, benchè la tesi apparente sia che la pigrizia, come gli altri sei peccati capitali, che dànno il titolo ad altrettanti romanzi, ha in sè qualcosa di utile e di buono. Un uomo ed una donna, che si amavano, erano affetti, oltrechè dall'amore, dalla più insanabile accidia. D'altra parte mancavano dei mezzi sufficienti ad unirsi in matrimonio e a soddisfare alla loro passione di non far niente. Si diedero allora al lavoro con accanimento, e tanto vi si immersero che riuscirono ad accumulare un patrimonio bastevole ad abbandonarsi poi alla voluttà del riposo più completo.

Nel periodo elettorale i deputati lavorano febbrilmente per raggiungere il fine di essere eletti, ma riposano in seguito.

— Ah mio caro – dicevami un candidato – sono veramente stanco. Non puoi credere che fatiche ho sostenuto in questo mese. Viaggi in ogni sorta di veicoli, visite a tutti i comuni, discorsi e brindisi e banchetti senza fine. Fortunatamente tra poco incominceremo i lavori alla Camera e allora mi potrò riposare!

*

* *

Ma se il lavoro risana, eleva, nobilita, arricchisce chi lo compie e più ancora chi lo comanda, non si può dimenticare che, spinto all'eccesso, o meglio oltre i limiti dell'energia disponibile, è cagione di veri e propri stati morbosi.

Qui sarebbe fuor di luogo accennare alle malattie del lavoro, morbi artificum come le intitolò Ramazzini, perchè questi miei consigli sono dedicati esclusivamente al lavoro cerebrale; ma appunto per ciò devo dire che i vari e numerosi trattatisti di questa materia, fioriti nell'ultimo decennio, hanno per lo più trascurato di annoverare fra le conseguenze del lavoro quell'affezione, oggi tanto comune, che medici e pazienti scoprono troppo frequentemente, anche quando non c'è.

Nè io proietterò qui un quadro completo di essa. Rammenterò soltanto che il lavoro intellettuale intenso, protratto, specialmente ad una certa età, fra i 30 e i 50 anni, produce spesso dolori al capo frontali e occipitali, diminuzione delle facoltà mentali, in ispecie della volontà, dell'attenzione e della memoria. Quest'ultima è talora così scemata che il neurastenico, per paura di dimenticarne qualcuno, scrive tutti i sintomi che prova man mano che li sente, e suol portarne una lunga lista al medico che va a consultare.

Sorgono inoltre disturbi digestivi speciali, consistenti in vampe di calore e tensione al ventre dopo i pasti, stipsi e talvolta enterocoliti. A tutto ciò segue spesso il dimagramento, il pallore, una continua sensazione di stanchezza e una diminuzione della forza muscolare.

Ma non basta ancora. Perchè il quadro della neurastenia è ricchissimo e variabilissimo. Alle volte è limitato a pochi sintomi, altre volte sceglie ed aggruppa variamente un'infinità di altre manifestazioni, quali le più svariate fobie (paure dello spazio, dell'altezza, della velocità, dei microbi, ecc., ecc.) le vertigini, l'insonnia, i ronzii agli orecchi, le nevralgie, le palpitazioni di cuore, sensazioni ingiustificate di caldo o di freddo, sudori copiosi o secchezza della pelle, l'impotenza, le perdite. Ma la nota dominante su tutta questa sinfonia o cacofonia di sintomi suol essere la depressione, lo scoraggiamento. Sono parecchi gli scrittori che hanno studiato su se stessi questa malattia e l'hanno descritta. Nessuno forse meglio e più del Mantegazza, che, senza mai darne una descrizione vera e propria, vi ha accennato ripetutamente, mostrando quanto gli fosse stata penosa e quali tristi ricordi gli avesse lasciato.

Per più di vent'anni di seguito, il Mantegazza lavorò con tale foga, con tale intensità di cui ben pochi sono stati finora capaci. Dal suo capolavoro, la Fisiologia del piacere, scritto a ventitre anni, fino al Dio ignoto, è tutta una serie di libri, che presuppongono non solo una doviziosa immaginazione, ma pure una seria profondità di studi biologici. E tutto ciò si produceva parallelamente a viaggi di esplorazione e a più ardue esplorazioni nel mondo degl'invisibili. Poichè, mentre il pubblico accoglieva con entusiasmo i suoi libri, che si seguivano e non si rassomigliavano, e rivelavano un potentissimo ingegno, l'autore iniziava in Italia la nuova patologia, e ne fondava la prima cattedra sperimentale, quella cattedra da cui uscirono scolari che divennero in breve maestri insigni e diffusero le nuove scoperte in tutto il mondo scientifico.

Per quanto il Mantegazza fosse dotato d'una fibra d'acciaio e d'una poderosa intelligenza, così immane lavoro non poteva a meno di dare al suo organismo una terribile scossa.

«Tre lunghi anni – scrisse il suo biografo ed amico Carlo Reynaudi – furono seminati dei dubbi, delle malinconie, dei pentimenti e delle angoscie di una malattia nervosa che lo travagliava con un attacco fierissimo d'ipocondria. Molto probabilmente, anzi, sicuramente, tutta la colpa di quel gravissimo turbamento dei centri nervosi doveva ricadere sulla troppa tensione dello spirito dal suo ritorno dall'Argentina nel 1858 a tutto il 1872. E dalla semplice stanchezza era piombato addirittura nella prostrazione delle forze, dopochè il 15 settembre 1873 gli ebbe tolta per sempre quella madre adorata che lo aveva fino allora inspirato e sorretto col suo esempio. Scrivere la storia completa dei suoi dolori, egli non ha voluto farlo per una considerazione di alta moralità umana, perchè, egli diceva – se un tal libro esistesse, converrebbe bruciarlo, per pietà dei futuri; dacchè gli uomini rimarrebbero inorriditi innanzi all'immensa, all'infinita capacità di soffrire del povero bipede implume, che chiamasi uomo».

«Contuttociò le tribolazioni di quel periodo si possono vedere dovunque. Nell'interruzione del lavoro – sua seconda natura – solo ripreso per pochi istanti nei lunarii tirati su a stenti e singhiozzi; nel silenzio del suo diario, la tavolozza, irto unicamente di qualche esclamazione dolorosa. Vengono in campo, nelle lettere all'Omboni, gli accenni alle varie alternative della sua salute, alle letture con cui ingannava il suo tempo, non potendo lavorare, alla doppia tendenza della sua natura verso il bene e verso il male. E i propositi di volersi ritirare dall'insegnamento, disperando oramai di guarire, tutta una serie di dolori ineffabili per lui, che si vedeva tracciato dinanzi in lettere inesorabili l'esito fatale della sua malattia».

«Avendo già toccato la quarantina, egli si vedeva scendere oramai la parabola della vita, e l'ipocondria, una volta sviluppatasi e dichiarata, poteva, anzi doveva, diventare lo stato ordinario della sua esistenza e durare quanto essa».

Fortunatamente per lui e per la scienza e per la letteratura italiana, il seguito non fu così nero com'egli prevedeva. Le cure di riposo sul lago di Como, sul golfo della Spezia, all'Abetone, permettevano al suo sistema nervoso di ristorarsi, di rinvigorirsi, di riprendere tutta la sua antica energia, e direi – se si potesse dire – anche di più, perchè d'allora in poi corse per lui un lungo periodo di attività e di fecondità, superiore forse al primo e che non doveva chiudersi se non con la morte avvenuta più di trent'anni dopo. Aggiungiamo pero che, se questo secondo periodo fu pure dedicato a forte lavoro, fu però intercalato da frequenti e non brevi riposi nella sua villa di San Terenzio.

«È da quell'angolo tranquillo che furono licenziati parecchi dei suoi libri. È di là che datava e mi dedicava uno dei suoi famosi almanacchi, quello sull'Economia della vita nel quale sentenziava: «Ogni organo deve lavorare, nessun organo, deve stancarsi».

«Esaminarsi, conoscersi, produrre quanto si può, riposarsi con l'alternar dei lavori; capitalizzare gli interessi eccedenti al consumo della vita; non esser deboli nel più insignificante dei nostri organi, non esser mai stanchi; ecco poche parole che racchiudono la parte più vitale dell'arte della vita».

«Per carità, per amor di Dio, un po' di riposo ai muscoli, un po' di pace al pensiero, un po' di ghiaccio su questa febbre universale di travagli senza posa!»

*
* *

Che l'eccesso di fatica intellettuale produca effetti morbosi talvolta leggeri e curabili, tal'altra gravi ed incurabili, è cosa ormai così largamente dimostrata che nessuno si permette di porla in dubbio. Era cosa nota ab antico, ma in quest'ultimi anni, da Feré a Mosso, da Ribot a Lagrange scientificamente, dimostrata.

Talvolta giunge a produrre effetti paradossali, tali da giustificare quel tale che ingenuamente diceva: «È strano come gli uomini ricavino effetti diversi dalla stessa causa. Per esempio, la mia conferenza mi ha tenuto sveglio tre notti, e quelli che vennero poi ad udirla si sono addormentati subito.»

È sopratutto la facoltà di attenzione quella che richiede uno sforzo continuo della mente, sforzo che è leggero quando è molto interessante l'argomento su cui essa si concentra, che è grave, quando l'argomento non desta la curiosità o è difficile a comprendersi, che e gravissimo, allorchè essa è desta da molto tempo senza interruzione.

L'attenzione è una manifestazione di attività psichica a cui prende parte tutto l'organismo. Di chi ascolta attentamente un discorso si dice che pende dalle labbra dell'oratore; si dice anche che è tutt'orecchi, tutt'occhi, che beve le parole; espressioni tutte che corrispondono all'atteggiamento speciale della persona attenta. Essa è ferma, converge con gli occhi, col viso, con tutto il corpo si può dire verso l'oggetto attraente, respira più lentamente e più superficialmente, ha le pulsazioni cardiache or più or meno frequenti, le secrezioni turbate in vario modo, la temperatura più alta; in breve tali e tante modificazioni funzionali, che si comprende facilmente come ripetute, insistenti, mettano capo a fenomeni morbosi di non lieve entità.

Ora il riposo delle persone, che usano ed abusano delle loro facoltà cerebrali, consiste sopratutto nella sospensione, direi nella chiusura della facoltà d'attenzione, come si chiudono gli occhi per interrompere l'attenzione visiva.

Qual differenza tra l'avvocato che, in attività di esercizio, deve dare tutta la sua attenzione ai documenti che studia, rivolgere tutta la sua attenzione sugli argomenti oratorii dell'avversario, concentrarla poi su tutto il proprio discorso, che può durare parecchie ore, e lo stesso avvocato quando va in villa e spende la sua energia cerebrale nella lettura di qualche giornale e in una partita a scopa.

In viaggio l'attenzione è pure attirata su mille oggetti nuovi, insoliti, ma è una attenzione, dirò, così, passiva quella che si impiega, come quando si va a teatro a sentire un'opera comica o una commedia.

È una distrazione, non già quell'attenzione che lascia tutto il corpo spossato.

Nelle scuole gli allievi che meno sono colpiti dal sovraffaticamento, dal surmenage, sono quelli che, fortunatamente per loro, non sono capaci di sostenere a lungo l'attenzione, gli scolari distratti, quegli acchiappamosche che i professori detestano e che ai miei tempi caricavano di pensi per compensarli del beneficio della disattenzione.

Ammesso che il riposo intellettuale è essenzialmente la cessazione dell'attenzione, ne viene di conseguenza che, per riposare, occorre allontanarsi da tutto ciò che vale a destarla, ad attirarla, a soggiogarla.

Per questo riguardo l'uomo prudente dev'essere come voleva non so quale antico filosofo, simile ad uno spillo. La testa deve impedirgli di andare troppo oltre.

*

* *

La signora di Lussemburgo, parlando un giorno con Rousseau, gli raccontava di un tale che di tanto in tanto si allontanava dalla sua amante per scriverle, amandola così più fortemente; la qual cosa le pareva molto strana e alquanto ridicola. Al che il filosofo ginevrino fece osservare che la cosa era invece naturalissima ed era accaduta a lui più d'una volta.

Si può dir lo stesso del lavoro. Quando per lungo tempo se n'è stati assorti, il miglior modo per non giungere a detestarlo è di sospenderlo per alcun tempo, di contemplarlo da lontano. Dopo un periodo di riposo, lo si riprende con ardore o senza sentirne troppo il peso, secondo i casi.

Oltre al ristaurare le forze, il riposo è uno dei piaceri più grandi che ci sieno concessi, ed è tanto più apprezzato, quanto più intensa la fatica che lo ha preceduto. Di questo piacere pochi filosofi fanno parola. Neppure il Mantegazza, al quale nulla sfuggiva, tratta del riposo come d'un piacere, per quanto ne ricordo. E sì che tutti gli autori hanno gustato questo piacere ad opera compiuta e lo hanno pregustato quando stavan per mettere la parola fine ad uno di quei libri che doveva tramandare il loro nome alla posterità.

La ragione per cui molte opere d'arte, e specialmente molti libri, si mostrano nelle ultime parti, appena abbozzati, tradiscono la fretta di finire, sta in parte nell'esaurimento produttivo dell'autore, in parte nella impaziente brama di riposo, che prevale negli ultimi giorni sulla febbre iniziale della creazione.

*

* *

Sono pochi gli scrittori che in qualche loro pagina non rivelino il desiderio di conseguire un giorno la possibilità di lasciare il lavoro, non esprimano il voto di trascorrere gli ultimi giorni, che potrebbero anche essere parecchi anni, nella più completa pace dell'anima e del corpo, in un luogo campestre, silente, lungi dalle tempeste morali e civili. Non so quanti versi di Dante finiscono col vocabolo pace, cotanto egli, nella sua travagliata esistenza, sognava di raggiungerla un giorno, qual bene supremo. «O vita intera d'amore e di pace» esclama egli quando nella terza Cantica vuol dipingere la più alta felicità che mente umana possa immaginare. Chi ha tempo di farlo frughi e spigoli nella raccolta dei classici e troverà tanto da mettere insieme un ampio fiorilegio di sentenze sul riposo, sulla pace, chiudendo, se vuole coi versi di Carducci

O desiata verde solitudine

Lungi al rumor degli uomini.

*

* *

Quando il Ferrer dei Promessi Sposi, liberato dai tumultuanti il Vicario di provvisione, lo conduceva seco in carrozza, questi ancor pieno di spavento pel pericolo corso, spossato dalle fatiche e dalle emozioni, andava ripetendo: «Rassegno la mia carica e vo a vivere in una grotta, sur una montagna, a far l'eremita, lontano, lontano da questa gente bestiale».

Dopo la paura dominava in lui un desiderio profondo di riposo, di pace, di silenzio. Se in quel momento avesse avuto a disposizione il romitorio e i mezzi per andarvi, certo vi avrebbe cercato scampo. Però – giudiziosamente aggiunge l'autore – non si sa che cosa abbia fatto poi di questo suo proponimento.

E così generalmente avviene.

Durante un lavoro faticoso, o quando emozioni, contrarietà, infortunii, mettono a dura prova il sistema nervoso, si concepiscono i più saldi proposti d'un riposo, che in quei momenti è fortemente desiderato, si moltiplicano i progetti d'isolamento, di viaggi, di annichilimento d'ogni e qualsiasi attività. Al contrario poi, non appena un breve riposo abbia comunque ristorato le forze, si ritorna al lavoro, alla lotta contro le avversità della vita, salvo il riprendere e abbandonare gli stessi propositi, finchè si giunga a tale grado di esaurimento che non sempre sia possibile cancellare, anche con lunghi riposi; che richiede talvolta un energico trattamento curativo come una malattia vera e propria.

Tale aspirazione al riposo è tanto più profonda quanto più soverchiante il lavoro.

Rammento che mai nella mia vita fui così avido di pace, d'isolamento, di silenzio come una volta che mi lasciai persuadere dalle circostanze più che dagli uomini ad assumere una carica pubblica, in momenti difficili, ed in un'estate caldissima. Essa assorbì tutta l'attività di cui potevo disporre, tutta l'energia presente e quella latente, ma per fortuna non durò che cento giorni, senza finire come quelli di Napoleone. Ordini, contrordini, poco o punto eseguiti, tanto i primi che i secondi; ispezioni, relazioni, circolari, discorsi, dispute, adunanze, ecc. il tutto sotto un ben nutrito fuoco di fila di insinuazioni di giornali amici, attacchi di giornali avversi e reclami inverosimili.

In quel periodo di tre mesi, tutto assorto nel mio straordinario ufficio, incapace di fare qualsiasi cosa che a quello non appartenesse, preoccupato d'un'infinità di particolari, mi sorreggeva però costantemente la speranza che tutto ciò avrebbe fine un giorno, che un largo e completo riposo avrebbe seguito quello snervante trambusto.

E giammai l'isola di Capri mi sembrò augusta e serena, come quando mi vi rifugiai, dopo l'incubo di quei cento giorni.

*

**

Casa e riposo sono spesse volte sinonimi. Specialmente lo sono quando si tratti di case in campagna, appartenenti a coloro che lavorano in città. Molte di queste ville hanno l'ingresso adorno di un'iscrizione che vuole appunto significare l'intendimento del proprietario che siano luoghi di riposo. Le più sobrie si limitano ad una parola: Pax; Quies; Silentium. Altre si spiegano più chiaramente: Beata solitudo; Datur hora quieti; Deus nobis haec otia fuit; Tuta silentio merces; In agello cum libello solo quies; Inveni portum; Parva domus magna quies; e, simili. Non sempre sono ben appropriate. Ho visto l'ultima, scritta in caratteri dorati sul frontone d'una sontuosa e grandiosa villa. Se quella era parva domus, figurarsi che sorta di quies! Ho letto su d'un'altra: quiescendo anima efficitur sapiens, d'onde traspariva il desiderio del padrone d'unire al riposo la saggezza che forse gli mancava. Mostrava al contrario d'averla già acquistata colui che sulla porta d'una sua palazzina in Centuripe scrisse semplicemente e malinconicamente: Morituro satis.

Con parole diverse, sempre il concetto dominante di trovar nella casa il rifugio, il posto, il luogo di pace, di quiete e di riposo. Certo a nessuno è mai passato per la mente di stampare un: fervet opus sul suo villino o di soprapporre un magna quies al portone di un'officina metallurgica.

*

**

Che il riposo sia l'aspirazione costante di tutti gli uomini che lavorano e specialmente di quelli che lavorano molto e con poco compenso, lo si scorge anche nelle credenze religiose. Una buona parte delle attrattive della fede è fondata sulla vita futura. Ora nessun profeta ha mai promesso che i buoni credenti avranno da lavorare anche dopo morti. Le religioni che promettono la maggior larghezza di riposo, accompagnato da svariati godimenti, hanno sempre trovato il più gran numero di proseliti, specialmente fra coloro che in questo mondo hanno poco riposo e meno godimenti. Nel paradiso dei cristiani, come in quello di tutte le religioni che ne hanno inventato uno, il piacere fondamentale è quello di non far niente. Anche Dante ha riservato agli abitatori dell'ombre eterne ed alle anime purganti il vestire cappe di piombo e rotolar massi o portarli sulle spalle. Ai beati un ozio contemplativo, che costituisce appunto la loro beatitudine.

Senza salire fino al regno dei cieli, si vede che, anche in terra, chi fatica molto considera il non far nulla come una forma di felicità punto facile a raggiungere.

— Che bella giornata oggi, nevvero Giacomino – diceva il parroco passando davanti al giardiniere.

— Sì, bellissima – rispose il contadino, – per quelli che non hanno niente da fare.

— Sai che il tuo giardino è una meraviglia.

— Sicuro – rispose ancora Giacomino – ma per quelli che non ci sudano.

*

* *

Scrisse un giorno il Mantegazza, che «uno degli errori più comuni nell'igiene del cervello è quello di passare improvvisamente dal più intenso lavoro al riposo assoluto, disperdendo in questo modo una grande quantità di forze».

Ora mi perdoni l'ombra di quel grandissimo intelletto, che la sua patria ha così presto dimenticato, ma non ho mai potuto condividere questa sua opinione. Il lavoro è lavoro; il riposo è lo stato opposto, ma nulla dimostra che non sia possibile passare subitamente dall'uno all'altro o che presenti qualche svantaggio il lasciare rapidamente il primo pel secondo. Anche il fabbro ferraio dopo lungo e faticoso martellare, raggiunto lo scopo, si ferma, posa il maglio, terge il sudore e siede a riposare. Così l'autore che ha finito il libro chiude il manoscritto nello scrittojo ed esce a passeggio, come se mai si fosse occupato di carta e di penne, senza che per questo soffra della temuta dispersione di forze.

Il paragone del meccanismo cerebrale con quello di una macchina qualsiasi regge sempre, perchè anche il congegno più poderoso, qual'è quello di una corazzata può arrestarsi in pochi minuti e d'altra parte non è detto che il congegno cerebrale si fermi proprio istantaneamente. Anche in questo tra l'intenso lavoro e il riposo v'è un periodo intermedio, per quanto breve, spesso inapprezzabile di rallentamento.

Il Mantegazza aveva ragione se per riposo assoluto intendeva la cessazione completa dell'ideazione, ma siccome questa non si arresta mai, così non esiste neanche la possibilità dell'errore accennato dal nostro fisiologo.

*

* *

L'eccesso di riposo diviene ozio e come tale può, secondo il detto antico, esser padre di tutti i vizii. Ma d'altra, parte la privazione del riposo è sorgente di errori e di cattive azioni, tanto quanto l'eccesso, benchè appaja meno evidente l'immoralità della loro causa.

Chiunque abbia lavorato intensamente per alcun tempo, superando con l'energia del volere e con l'aiuto di mezzi artificiali, la tendenza al sonno che la natura esige e spronando continuamente il cervello, che vorrebbe arrestarsi come cavallo stanco in un'erta salita, sa bene come sia giunto alla fine del compito impostosi esausto, affranto, incapace di sostenere ancora il più piccolo sforzo. Chi si è esposto a qualche concorso ricorda pure in quale stato compassionevole di abulìa, d'incapacità fisica e morale si sia trovato dopo la prova.

Se in tale stato si è richiesti d'un calcolo elementare, d'una semplice addizione, ci s'imbroglia nelle cifre come in mezzo alle colonne dei logaritmi; se si tenta di scrivere una lettera non si trovano nè idee nè vocaboli; se si volesse poi riprendere la continuazione d'un lavoro di fantasia, iniziato prima del concorso, non si riuscirebbe più ad affermare il filo e tanto meno a concepire qualche immagine viva e consistente; se si fosse costretti a trattare un affare qualsiasi, lo si vedrebbe sotto i più sfavorevoli aspetti e lo si lascerebbe cadere con indifferenza.

Basta allora abbandonarsi al più completo riposo, non richiedere più il benchè minimo sforzo nè al sistema nervoso nè ad alcun altro apparecchio dell'organismo per risentire, dopo un tempo variabile secondo la durata della fatica precessa e la propria costituzione, un risveglio delle energie, un nuovo bisogno di pensare, di muoversi, di agire, un ritorno alla vita normale.

Ma il riposo non deve essere soverchiamente prolungato.

Il sistema nervoso, i muscoli, lo stomaco, lasciati riposare troppo a lungo s'intorpidiscono, si indeboliscono talmente da rendere poi faticoso il pensare, il muoversi, il digerire, quando si vogliano richiamare tali organi a nuova attività. Si tenga per due settimane a brodi e uova lo stomaco d'un uomo robusto, e il primo giorno in cui egli vorrà mangiare un piatto di maccheroni e una bistecca, questi cibi, prima abituali, gli faranno peso come macigni.

Chi sta più d'una settimana senza prendere la penna in mano, alla prima lettera che vorrà scrivere, avrà una calligrafia stentata, atassica, diversa della consueta. E siccome la grafia è il riflesso dell'ideazione, anche le idee di chi sia stato a lungo inerte verranno fuori informi, lente, nebbiose, come la voce di chi a lungo abbia taciuto. Quando l'Alighieri trova Virgilio nella selva selvaggia, dice subito di lui che «per lungo silenzio parea fioco».

In generale il silenzio d'ogni singola funzione troppo a lungo prolungato, la indebolisce e ne atrofizza l'organo relativo; il breve riposo al contrario la rinvigorisce.

Il sistema nervoso, ed in ispecie il cervello sono gli organi su cui più facilmente e frequentemente verifichiamo questa legge.

Meglio in ogni caso l'esercizio continuo, senza tregua, che la continua abituale inerzia.

Gli uomini di grande attività cerebrale conservano molto più a lungo la mente sveglia, pronta, lucida che non gli uomini che abitualmente non leggono, nè scrivono, nè amministrano, nè discutono. In costoro l'involuzione senile si manifesta prima ancora nel cervello che negli altri organi.

A molti sarà occorso di conoscere davvicino un funzionario assai distinto, intelligente, solerte. Questo funzionario aveva ogni anno un mese di congedo, che andava a godersi in viaggio o in campagna, d'onde ritornava più alacre e zelante di prima a riprendere le redini del suo ufficio. Senonchè finalmente raggiunge l'età del ritiro. Questo momento, per quanto lo si abbellisca con gli svariati eufemismi di riposo, giubilazione, quiescenza, suona sempre melanconico come la campana dell'Ave Maria. Il funzionario, fingendosi contento di non aver più le seccature dell'ufficio, il lavoro delle pratiche, si rassegna e si ritira a nuova vita di pace e di beatitudine nel paesello natìo.

Dopo un paio d'anni andate a trovarlo e vi trattenete qualche ora con lui. O quantum mutatus ab illo! A parte l'aspetto stanco e il portamento dinoccolato, più di quando lavorava quindici ore al giorno, sorprendete in lui una psiche nuova, lo trovate immerso nelle piccinerie dei partiti di villaggio, gli sentite enunciare dei concetti vecchi, strani, fossili; gli scoprite ancora taluna di quelle idee che manifestava in attività di servizio, ma atrofizzate, aggrinzite, ammuffite, come quei limoni che si dimenticano per anni su le credenze.

Non sono effetti dell'età, ma del riposo assoluto, definitivo. Lo stesso uomo, se fosse rimasto al suo posto, sarebbe ancora operoso e intelligente; se fosse andato in ritiro dieci anni prima avrebbe anticipata la sua decadenza.

*

* *

Il riposo definitivo degli uomini molto attivi, commercianti, professionisti o funzionari, ha poi quest'altro grave inconveniente che, associandosi all'inizio della vecchiaia inoltrata e troncando d'un tratto quelle abitudini di lavoro che ne costituivano tutta la vita, lasciano libero campo alle fantasticherie, alle meditazioni, a quelle auto-osservazioni, che sono più nefaste d'una malattia reale, tanto più se si tratti di persona intelligente, riflessiva e meditativa. Il capo divisione messo a riposo, mentre fino a quel momento era vissuto tutto assorto e sopraffatto dalle sue mansioni, si trova ad un tratto col cervello abbandonato a se stesso, e per la prima volta incomincia a guardar dentro di sè, a sentir che nel suo nuovo genere di vita non ha più tutta quell'energia che si riconosceva nel suo ufficio, a riflettere che, se è in quiescenza, è perchè dev'esser vecchio ed inabile a lavorare ancora, che la vecchiaia è l'anticamera della morte, che, secondo le tavole di probabilità delle società assicuratrici, egli dispone ancora di pochi anni, forse, neppure una diecina, che gli anni passano presto; e con queste ed altre malinconiche riflessioni egli si fa venire l'insonnia, si guasta la digestione, annerisce il suo umore; in breve, se non dispone di un temperamento eccezionalmente felice, in preda a idee malinconiche, a una continua meditazione sulla brevità della vita, volge verso uno stato di ipocondria, di depressione che ha per risultato di abbreviarla anche di più.

Se ha letto Leopardi, e il suo dialogo tra un gnomo ed un folletto, come si duole che il mondo non sia in quello stato visto dalle due creature fantastiche, quando scomparsi gli almanacchi, non sarebbe più possibile contar gli anni nè per conseguenza accorgersi d'invecchiare dal computo d'essi!

*

* *

Il riposo è quello stato d'inazione che segue alla fatica. Come la calma che tien dietro alla tempesta, come la pace che vien dopo la guerra, il riposo mira a distruggere gli effetti dello stato che l'ha preceduto.

Del riposo vi sono infinite gradazioni e certe varietà ben distinte, che hanno perciò ricevuto nomi diversi. La pausa, ad esempio, è un breve riposo della parola, o di suoni; la ricreazione una sospensione di breve durata nei lavori intellettuali; le vacanze o ferie un periodo di riposo più lungo.

L'ozio poi vuol essere ben distinto dal riposo. A meno d'attribuirgli il significato latino dell'otium cum dignitate, esso è semplicemente l'effetto della pigrizia, è l'abitudine di non far nulla, che va fino all'infingardaggine cronica; pertanto esclude il lavoro, al contrario del riposo che lo presuppone.

Chi è avvezzo a lavorare non può mai abbandonarsi all'ozio completo, all'ozio inerte. Non è che nei paesi semicivili, e specialmente nei villaggi, che si trovano persone capaci di star per ore e ore sole, sedute al balcone o davanti alla bottega, senza leggere nè fumare, nè conversare, e forse neppur pensare. Quest'ozio profondo, solenne, vero e totale riposo, noi uomini attivi lo desideriamo sovente, lo sognamo come uno stato di dolcissima beatitudine, ma di fatto poi siamo incapaci di abbandonarcisi. Anche sulla rotonda di uno stabilimento balneare, ci si annoia ben presto se non c'è un viavai di eleganze mondane o se per lo meno non abbiamo in mano un giornale da leggere a spizzico. Il flaneur non è un vero ozioso, come non lo è chi legge un romanzo, sia pure di Ohnet, o di Barrili. L'andare a zonzo per una città, sconosciuta prima, è cosa dilettevole ed istruttiva quanto sfogliare un'enciclopedia illustrata. La storia, l'arte, l'etnica e l'etica si svolgono sotto i nostri sguardi, illustrate negli edifizi, nei monumenti, nei costumi; ora l'osservare tutto ciò non è ozio; come non lo è lo star sulla tolda d'un piroscafo del Lario o del Reno e seguire lo svolgersi del panorama da Como a Bellagio o da Magonza a Colonia; come non è ozio l'assistere ad una rappresentazione coreografica o cinematografica. Tutto ciò è ozio, sol quando non sia condito da un vivo interesse a quanto si legge o si osserva o non sia preceduto da un lavoro. L'ozio finirebbe in tal caso per rendersi faticoso quanto il lavoro. Ad un tale che se ne stava tutto il giorno sdraiato fumando e guardando le spire del fumo, chiese un amico: — Ma non ti stanchi di star sempre così buttato sul divano? — Sì – rispose il poltrone – Qualche volta difatti mi stanco, ed allora vado far due passi per riposare.

Quest'ozio è senza fallo, quello stesso che verso mezzogiorno enunciò la massima: – Il più arduo problema nell'esistenza umana è quello di ottenere il proprio consenso di metter le gambe fuori del letto nelle ore antimeridiane.

Ma, ripeto, non sempre lo stare sdraiati significa ozio. Anche l'abbandonarsi distesi sull'erba di un prato, all'ombra di un castagno può esser ozio e può esser riposo. La differenza sta in ciò che l'ozioso non trae alcuna gioia e tanto meno alcun profitto dal prodigioso spettacolo che gli offre la natura, mentre l'anima del riposante, si rinfranca, si rasserena, si fortifica nel contemplare le cime nevose dei monti o le nuvole che s'inseguono nel cielo, nell'udire il mormorio del vicino ruscello, il cinguettio degli uccelli, i lontani sonagli degli armenti; nel sentire l'accordo ineffabile dei mille indistinti rumori che riempiono il silenzio della campagna: la foglia che cade, la raganella che salta, il fiore che si espande, il ramarro che guizza fra pietra e pietra, lo scarabeo che rotola la sua palla. A tutto ciò l'ozio è indifferente, come s'annoierebbe in teatro alle melodie di Bellini, alle armonie di Wagner.

È vero che non tutti i lavoratori dell'ingegno sono capaci di colmare il gran vuoto del riposo con la serena ed augusta contemplazione degli spettacoli della natura; anche fra essi vi sono i diseredati; ma vi sono pure le anime elette che trovano in essa uno dei maggiori conforti che la vita ci possa concedere. È dinnanzi ai grandi paesaggi che le tempeste dell'anima si quetano, che si riconosce la vanità di tutte le cose umane. È perciò che i fondatori di ordini monastici hanno sempre scelto a residenza i luoghi più romiti e solennemente incantevoli. Da Altacomba a Vallombrosa, da Badia di Cava a Monreale è tutta una gamma di paesaggi pieni di suggestione, d'incomparabile bellezza e di placido riposo.

*

* *

Nella smania di glorificare a qualunque costo la fatica, sviluppatasi per ragioni, diremo sociali, di questi ultimi anni, si è pensato in Francia di elevare un vero e proprio monumento al lavoro, non bastando i numerosi minatori e vangatori, in gruppi, in bassorilievi, in affreschi che si ammirano, o per lo meno si vedono, in tutte le esposizioni industriali.

E naturalmente si è pensato d'incaricarne Rodin.

Il monumento non è finora che abbozzato, ma siccome pare che, malgrado ciò, sia alquanto complicato, ne toglierò la descrizione dal Monrey che l'ha visto: «Per trarre qualche insegnamento da un monumento consacrato alla gloria del lavoro, occorre che ogni parte ne sia visibile; occorre che il monumento, dopo aver colpito e attirato lo sguardo pel suo complesso, soddisfi con ciascuno dei suoi particolari la curiosità e renda tangibili le lezioni che racchiude. Una colonna, come la Traiana, è piena di nobiltà e di bellezza, ma chi ha mai visto i bassorilievi che intorno ad essa si svolgono? Dunque se si fissasse intorno a questa colonna una via a spirale, donde si potessero contemplare i soggetti che la rivestono e si rinchiudesse il tutto in una torre traforata a giorno, dove la luce penetrasse largamente e che rendesse ancor più seducente l'aspetto esterno del monumento, sembra che ogni difficoltà sarebbe vinta.

«Per una porta, guardata dalle figure del Giorno e della Notte, che simbolizzano l'eternità del lavoro (?) si penetra sotto la torre, dove una vasta camera è riservata ai mestieri che estraggono dalle viscere del mondo le materie prime. In larghi bassorilievi di fattura brutale, di scoltura sintetica a grandi piani, è dipinta la vita dei minatori, dei palombari, gli oscuri e perigliosi lavori della terra e del mare».

«Poi, comincia l'ascesa. La spira s'avvolge da destra a sinistra. A misura che si sale, il lavoro si affina, le arti meno grossolane appaiono, quelle a cui lo spirito prende la parte maggiore. Da un bassorilievo all'altro, il soggetto cambia; una specie di cariatide sintetizzante li separa e sostiene la volta. Salite fino alla cima, là sopra risiede il puro pensiero, l'arte più nobile, rappresentata dall'artista, dal poeta, dal filosofo. Poi, coronando il monumento in pieno cielo, posati sul vertice della colonna due genii, due benedizioni, versanti sul lavoro l'amore e la gioia, perchè gli è di gioia e d'amore, che, malgrado tutti i dolori e tutti gli odii, è fatto il lavoro».

Senza tutto questo commento non sarà facile, a monumento finito, se mai lo sarà, che il pubblico si renda conto di ciò che significano il giorno e la notte, i bassorilievi di fattura brutale, la spirale e i due genii che versano l'amore e la gioia; ma di ciò poco importa, perchè avviene lo stesso per tutte le pitture o sculture simboliche. Il pubblico vedrà se le figure sono ben fatte o mal fatte e starà pago di questo giudizio. Dico questo perchè suppongo che molti a questo mondo siano come me assai poveri di fantasia. Io confesso di esser stato sempre assetato di logica e di chiarezza ma scarsissimo d'immaginativa. Non riesco mai a capire i simboli di cui certi scultori ingombrano la base dei monumenti; non sono capace di ricostruire mentalmente un edificio, del quale non restano che le rovine, e neppure una Venere a cui manchino le braccia. Oso dire che non so neppure immaginare spogliata una donna che ammiro vestita.

Ma tornando alla spirale, a parte l'interpretazione artistica, perchè poi un monumento al lavoro?

Si capisce un monumento ai singoli architetti, agli scultori, ai pittori, ai poeti, ma non alle loro opere. Chi ha mai pensato di elevare un monumento agli edifizi, ai poemi, ai quadri, un monumento ai monumenti?

Ad ogni modo, anche ammesso un monumento ad un'idea astratta come ne esistono alla pace, alla libertà, alla scienza, non mi pare che ne sia molto degno il lavoro che in fin dei conti è sorgente di amore e di gioia per chi ne gode i frutti, anzichè per chi lo compie; che per questi, specie nei giri inferiori della spirale rodiniana è sorgente di fatica, di sofferenze, di malattie e di accidenti. C'è molto da dubitare, che pur una goccia di quell'amore e quella gioia che i due genii versano dalla cima della colonna, giunga a cadere in quel sotterraneo, dove sono rappresentati i mestieri che estraggono dalle viscere della terra la materia prima.

Un monumento al lavoro!

Non hanno mai osato i medici di elevare un monumento alla malattia? o gli avvocati un monumento alle liti? o i militari un obelisco alla guerra?

Come esistono dei monumenti alla pace, sarebbe assai più giustificato che al lavoro, un monumento al riposo. Non farebbero difetto alla fantasia dell'artista i simboli coi quali rivestire la spirale, verso il sommo della quale sarebbe rappresentato il sonno, e, sul vertice, la dolce morte, il riposo eterno, il vero riposo!

CAPITOLO II.

Riposo e lavoro

«*Danda est remissio animis, meliores acrioresque requieti ut resurgent*».

SENECA.

Sommario: Lavoro eccessivo ed ozio completo. – Indice di civiltà. – Un medico occupatissimo. – Professionisti ed impiegati. – I mesi di licenza. – Come riposano artisti e letterati. – La neurastenia d'un grande poeta. – La febbre del lavoro e il bisogno di riposo in rapporto all'età. – La fatica nelle scuole. – La donna e il lavoro. – Alcuni strenui lavoratori.

Vi sono paesi, e sono generalmente i più ricchi, nei quali tutti lavorano. In tali paesi gli operai non si affaticano eccessivamente e lavorano bene, i ricchi lavorano abbastanza. Negli uni e negli altri il riposo è proporzionato al lavoro compiuto ed a quello da riprendere. Si trovano all'opposto altre contrade, ove i poveri lavorano eccessivamente e pur sono sempre poveri, mentre i ricchi campano nell'ozio più assoluto e tuttavia sono sempre ricchi. I riposi dei primi, non sono abbastanza durevoli nè allietati da verun compenso alle dure fatiche; pei secondi tutta la vita sarebbe riposo se non fosse ozio.

E naturalmente esistono paesi intermedi, nei quali alcuni dei signori lavorano alquanto, altri punto, mentre i proletarii, per servirmi del vocabolo di Servio Tullio, lavorano ancora un po' troppo rispetto alla mercede che ritraggono. Non occorre dimostrare che l'Italia è tuttora in questa categoria.

In generale si può dire che il riposo merita veramente questo nome e ne ha tutta l'efficacia, fisiologica, in quei paesi dove il lavoro è più diffuso, più metodico, più onorato e rimunerato.

In natura, la stagione del riposo sarebbe l'inverno. Quando la terra è coperta di neve o di nebbie, gli alberi spogli di fronde, anche i lavoratori della terra riposano o compiono lavori insignificanti. Ma siccome la civiltà ha turbato l'ordine della natura, così avviene che spesso d'inverno i contadini si trasformano in lavoratori di opifici, e questi in ogni caso lavorano più d'inverno che d'estate. Ciò che avviene del resto anche per gli abitanti delle grandi città e per gli operai del pensiero.

Il lavoro del contadino è assai pesante solo in certi periodi dell'anno, ed a noi cittadini, non esercitati nè allenati a tali fatiche, sembra più grave di quanto in realtà non sia. Ad ogni modo ha tre grandi vantaggi sul lavoro di altri operai, vantaggi che compensano largamente il fatto dall'esser meno rimunerativo. Il primo sta nel continuo variare, in modo da non produrre la stanchezza morale dei lavori monotoni. Il secondo consiste nell'esser fatto all'aria aperta e quindi circondato da continue piccole distrazioni; il terzo è quello dell'alternarsi a periodi di completo riposo, una o più volte nel corso dell'anno, secondo i climi, le colture, ecc. In sostanza è il lavoro meno esauriente, e, dov'è lontano dalla malaria il più sano fra tutti.

I marinai sono a un dipresso nelle medesime condizioni, per quanto concerne le alternative del riposo e del lavoro. Anzi sui contadini hanno il vantaggio d'un'aria sempre salubre e d'un'alimentazione generalmente più ricca.

Negli operai industriali l'alimentazione è anche più sostanziosa, ma gli ambienti spesso viziati ed insalubri, il lavoro monotono e nessun'altra tregua che il riposo settimanale.

Ma a questo punto mi fermo perchè tale argomento, che troverebbe posto in un trattato di medicina sociale, sarebbe fuori luogo in un libro come questo, che ha un fine ben circoscritto. Esso come ho già accennato dapprincipio, non è scritto per guidare o consigliare le azioni dei governanti, nè per esser letto da una classe di persone, che, se pur la leggessero, non saprebbero poi come seguire i consigli dell'autore.

*

* *

Anche tra i professionisti vi sono coloro che lavorano moltissimo, altri che lavorano molto ed altri che lavorano poco o punto. L'igiene del riposo non deve rivolgersi che ai due primi gruppi; poco avrebbe da consigliare a coloro, che, per merito loro o per colpa altrui, non sottostanno alle fatiche professionali. I medici, gli avvocati, gli ingegneri, che molto lavorano, sono pur quelli che provano il bisogno di riposi periodici più o meno lunghi. La necessità ne sarà più o meno sentita secondo il temperamento e la costituzione individuale e il genere e l'intensità del lavoro, ma sarà sempre inevitabile.

Il medico molto occupato compie un lavoro esauriente. Billroth, che era divenuto un grandissimo chirurgo, mentre aveva un temperamento d'artista, ha, meglio d'ogni altro, descritto l'intensità di questo lavoro ed applicato il rimedio alla prostrazione che veniva a subire la sua costituzione pure robustissima e il suo sistema nervoso oltremodo resistente. Il suo lavoro quotidiano, com'egli stesso descrisse in una lettera, era il seguente: Alzarsi alle 5; sbrigare una copiosa corrispondenza; far colazione in fretta con la moglie e i figli; udire varie richieste di consulti e fissarne le ore; firmare carte universitarie ed accademiche; impartire ordini per la Clinica; uscire in città a visitare varii operati del giorno precedente e poi correre alla Clinica, dove direttori, aiuti, assistenti avevano tutti qualche cosa da riferire; entrare in sala e far due ore di lezione e di operazioni; venti minuti di tempo per ingoiare un brodo e due uova; un'altra operazione difficile, che assorbe due ore, in città; ritornando a casa trovarvi una folla di malati in attesa d'una visita, assorbenti tutti il tempo fino ad ora di pranzo; dopo pranzo ancora risposte a biglietti urgenti e finalmente qualche lettura!

Che giornata piena ed estenuante!

Che meraviglia se Billroth, appassionato per la musica, intercalava frequentemente una scappata all'Opera o ad un concerto; e se poi, appena chiuso il corso delle lezioni, correva ad Abbazia o a Taormina a ristorare le forze, a riposare la mente sopraffaticata!

«Quella natura m'inebria – scriveva dell'Italia – ci vivo come in un sogno. Vivere e sognare, sognare e vivere, così passano gli anni!»

E questa, suppergiù, è la vita della maggior parte dei medici e chirurghi, che sono in pari tempo professori. Non tutti però sanno abbellirne i riposi con le visioni e i godimenti d'arte, che ridevano alla fantasia del geniale chirurgo di Vienna.

Molti avvocati sono nello stesso caso. Compiono un lavoro così faticoso, così esauriente del sistema nervoso, che lo possono sostenere alla sola condizione d'interromperlo con frequenti e talvolta lunghi riposi.

Il medico o l'avvocato che, per avidità di guadagno, per la paura di perdere clienti, di vedersi soppiantato da qualche concorrente, non concederà mai a se stesso un momento di tregua, ci rimetterà in energia ed in salute, e quindi in lucro, più di quanto avrebbe potuto perdere nei periodi di riposo, e si esaurirà assai prima di colui che avrà saputo ben distribuire l'impiego delle sua forze. Tra gl'ingegneri il modo di lavorare è svariatissimo, così da rendere impossibile il farne una sola categoria. Dall'ingegnere minerario, che alterna il lavoro di tavolino con la discesa nei meandri sotterranei, all'ingegnere architetto che vive in un sogno d'arte, la differenza è enorme. Nondimeno hanno questo di comune, che alternano la vita attiva con le occupazioni di gabinetto. Essi pure hanno bisogno degl'intervalli di riposo in proporzioni più o meno larghe secondo la categoria, ma in generale meno degli altri professionisti, per la minor monotonia delle loro occupazioni, congiunta a più frequenti alternative di tensione e di rilasciamento del sistema nervoso.

Una numerosa classe sociale, per la quale la fatica è raramente eccessiva, è quella degl'impiegati. Il pubblico anzi la ritiene leggerissima e molte volte ha ragione; ma in ogni caso la tensione cerebrale non è mai soverchia, specie nei gradi in cui tutto si riduce a copiare, registrare, elencare.

Minima o nulla ne è poi la fatica muscolare. Senonchè l'occupazione dell'impiegato presenta uno svantaggio che vale quanto la fatica propriamente detta ed è la monotonia, che la rende uggiosa, pesante, insopportabile. La vita grigia dell'impiegato, che si alza ogni giorno alla stessa ora, va all'ufficio alla stessa ora, per farvi le medesime cose del giorno precedente, ne esce alla stessa ora, e così di seguito, è qualcosa di così noioso, che solo le necessità della vita e il miraggio del 27 può render soffribile.

È noto il caso di quell'impiegato che annunziò in un crocchio d'amici:

— Domani compirò le nozze d'oro del mio impiego.

— Ma se sono appena cinque anni che sei impiegato?!

— Sì, ma a me sembrano cinquanta!

Che sollievo la domenica nel mondo dei dicasteri! Il vero impiegato, come lo scolaro di ginnasio, comincia a pensarci al lunedì, la sospira al martedì, e nei giorni successivi sempre più affisa lo sguardo all'orizzonte in attesa di quell'alba domenicale che gli permetterà di fare cose diverse da quelle degli altri giorni, di alzarsi più presto o più tardi, di andare in campagna, di pranzar fuori di casa, di compiere a un dipresso le stesse operazioni della domenica precedente, diverse però da quelle degli altri giorni della settimana. Se in questi giorni il lavoro non è stato nè faticoso nè esauriente, ma soltanto noioso, basta al riposo il cambiare di occupazione.

Data la poca durezza del lavoro quotidiano, è necessario agl'impiegati che al riposo settimanale si aggiunga il periodico riposo annuale? Interrogateli e tutti vi risponderanno di sì. Ed avranno ragione se per undici mesi almanaccheranno come dovranno impiegare il dodicesimo, il mese radioso da cui ricevono luce e conforto i primi, lunghi, interminabili, uggiosi.

Il riposo del mese di licenza è talvolta interrotto da una serie di occupazioni intellettuali-fisiche, che costituiscono una somma di lavoro più considerevole che non quella di tutto il resto dell'anno, letture, viaggi, caccia, escursioni; ciò che prova quanto ho detto altrove; cioè che si può qualificare di riposo anche il lavoro, quando ciò che si considerava come lavoro era obbligatorio, monotono, e per lo più sedentario.

La sedentarietà è caratteristica nella funzione dei magistrati. La giustizia si compiace di star seduta. Anche le rappresentazioni simboliche di questa divinità ce la mostrano per lo più in tale attitudine. La mente lavora, ma il corpo riposa. Rari sono i magistrati sportivi, schermitori, o cavalieri. Al più camminatori, ma anche questi con moderazione.

Però, anche ai magistrati, è necessario il riposo per un periodo di molti giorni ogni anno. Per alcune categorie di essi il lavoro intellettuale è esauriente. Meno necessario il riposo definitivo. La funzione del magistrato, finchè persiste la salute, può compiersi e bene anche in età inoltrata.

*

* *

I militari o per dir meglio gli ufficiali, sembra, per le esteriori apparenze, che possano tutti accomunarsi in unica categoria. Invece diversificano tra loro più che non si creda al vederli tutti con una divisa e con la sciabola. Alcuni tra essi non sono altro che impiegati in uniforme; altri sono studiosi, del tutto simili nel genere di vita e di occupazioni, a scienziati e professori; altri, al contrario, non vivono che di sport e di equitazione. Il variare del grado importa poi un variare di lavoro e di abitudine. Il tenente che mena vita attiva e ricca di svaghi, divenuto capitano o maggiore, non potrà più conservare le stesse abitudini; il generale che, in residenza, fa una vita sedentaria, mandato in guerra, deve passare molte ore a cavallo e subire emozioni continue e svariate. Il riposo, dopo una campagna di molti mesi, assume perciò una forma diversa dal riposo che si rende pur necessario dopo un anno di guarnigione ricco di noia e di inerzia.

*

* *

Gli artisti, i letterati, i giornalisti, al contrario dei militari si possono riunire in unico gruppo, perchè le loro condizioni di vita hanno molto di comune. Il loro lavoro può esser intensissimo, può esser nullo, ma è quasi sempre dipendente dalla loro volontà, stimolata o meno da commissioni, da concorsi e simili. Il romanziere, il musicista, lo scultore, il pittore, il critico, il poeta si dedica all'opera sua con tutto l'entusiasmo che infonde la visione dell'ideale, il successo da conseguire, la gara da vincere, non conta più le ore, non distingue il giorno dalla notte, si concede due o tre brevi riposi nel corso delle ventiquattr'ore, prende un po' di cibo quando se ne ricorda, e giunge al compimento del bozzetto, dell'ode, del romanzo o del quadro, affranto, esausto, incapace di ritornar su ciò che ha fatto, di pensare a nulla di nuovo. Ha bisogno allora di un completo riposo, più o meno protratto, più o meno profondo, secondo l'intensità e la durata del lavoro che lo ha richiesto. Altre volte l'artista, ideato ed eseguito febbrilmente l'abbozzo dell'opera, fermatosi in un riposo, che è una tregua al suo sistema nervoso esaurito dalla sovreccitazione, riprende poi con calma l'esecuzione perfetta dell'opera sua, che conduce a fine con assiduità metodica, protraendo a lungo il lavoro con resistenza maggiore di quella del primo periodo.

L'artista della penna o del pennello, che non si conceda adeguati riposi, che lavori e lavori, con ansia, con fervore, dimentico che il suo cervello è una macchina resistente sì ma non inesauribile, finisce col cadere in uno stato di nevrastenia, dal quale poi ci vorranno mesi ed anni per ritornare al vigore primitivo, se pure il ritorno è sempre possibile.

Tutte le funzioni sono in tali casi più o meno alterate; ma anche quando i disturbi del respiro, della circolazione, della digestione sieno leggeri o inapprezzabili, sono pur sempre profonde e penosissime le alterazioni del sistema nervoso. Penosa sopratutto l'impossibilità di lavorare o anche solo di pensare fugacemente a qualche argomento, di quelli che fin'allora più sorridevano alla fantasia. Ogni piccola fatica allora stanca; il carattere è instabile, irritabile; l'ideazione stentata, annebbiata; la volontà eliminata, la giocondità scomparsa.

Mantegazza ricordava con terrore lo stato di nevrastenia in cui era caduto un tempo e da cui si era sollevato dopo lunghe sofferenze. Io potrei descrivere la più profonda nevrastenia che mai abbia osservato, in un grande poeta. Una costituzione delicata, una fantasia strapotente, un lavoro eccessivo di assimilazione e di creazione, il terrore della malattia associato alla sconoscenza delle vere norme dell'igiene, tutto ciò diede luogo a perturbazioni tali del sistema nervoso, che incalzando, accumulandosi, finirono in uno stato irrimediabile di depressione cerebro-spinale circondata da fobie d'ogni specie, da palpitazioni di cuore, da insonnia, da dolori di capo terribili, da mille sensazioni penose di calore, di formicolio, di dolori folgoranti in tutti i punti del corpo, dall'impossibilità di leggere o di scrivere, e, sopra tutto questo quadro, dominante un'agorafobia di tal grado, che per molti anni nulla e nessuno potè mai indurlo ad uscire di casa.

Uno stato di cose lagrimevole, che opportuni riposi concessi negli anni in cui erano più vive le forze intellettuali, le avrebbe conservate lunghissimo tempo, le avrebbe secondate nella graduale ascensione, fino al conseguimento di quell'equilibrata maturità, che invece non fu mai raggiunta.

*

* *

Qual'è l'età che ha bisogno di più lunghi e frequenti riposi, per conservare le energie dell'organismo? Se si gettasse là all'improvviso, siffatta domanda in un'accolta di persone di varia cultura, credo che tutte in coro risponderebbero che l'uomo ha tanto più bisogno di riposo quanto più s'inoltra negli anni. E cadrebbero tutti in un grossolano errore. Basta ricordare le vicende della vita o girare gli occhi intorno per vedere che la verità è proprio l'opposto.

Esclusi i due estremi della vita; la prima età, fino ai sette-otto anni, e l'estrema età, da quando, si è pronunziata l'involuzione senile e l'affievolimento del sistema nervoso, il che avviene entro limiti molto ampi, tutto il tratto intermedio, tra i dieci e i settant'anni, si può distinguere, sotto il nostro punto di vista, in tre periodi. Un primo periodo, degli studi, dai 10 ai 25 anni. Un secondo periodo, di transizione, fra i 25 e i 45. Un terzo, dai 45 ai 60, 70 e talvolta oltre. Il primo periodo alla sua volta si può dividere in due parti. La prima è la più iniqua; quella in cui l'organismo si sviluppa, si trasforma, attraversa la crisi della pubertà, e quella tuttavia in cui un crescendo di studi, di materie da assimilare, e di esami complicati, difficili, da superare, affatica e tortura ed opprime le tenere membra. Specialmente pei giovani che si dànno alle professioni libere e pertanto ai cosidetti studi classici, il periodo di sovraffaticamento mostra un crescendo inesorabile. Appena accennato nelle scuole elementari, aumenta gradatamente nei ginnasi e raggiunge il più alto grado possibile nei licei. Qui non vale più nè cuore, nè buon senso, nè intelligenza. Beato fra gli scolari colui che possiede forte memoria. Solo questi può sentire meno grave il peso di otto docenti, ognuno dei quali considera il cervello dei suoi scolari, come se non avesse da studiare altra materia fuori di quella. Dell'evoluzione morale dei giovani nessuno si preoccupa. E sarebbe bene che il Ministero dell'istruzione non si fosse neppure mai preoccupato della loro educazione fisica, dacchè quando ha creduto di farlo, ha aggiunto una nuova causa di esaurimento alle altre, una nuova tortura dei muscoli alle altre del sistema nervoso. Fino a che Mosso e Lagrange non l'hanno gridato sui tetti, a nessuno dei pseudo educatori era passato per la testa che anche la ginnastica potesse stancare il sistema nervoso e che viceversa un giovine dal cervello spremuto sotto il torchio dei logaritmi e degli aoristi non fosse atto a sollevarsi sulla sbarra fissa o a svolazzare sulle parallele. Fortuna vera che di questi giorni, ad opera di medici e di igienisti, dietro l'allarme di Mosso, di Mantegazza, di Pagliani, di Monti e d'altri, la ginnastica scolastica si avvia ad una benefica evoluzione, che sostituisce all'acrobatismo da circo liberi esercizii all'aria libera.

Io ho percorso gli studi liceali in un'epoca in cui le materie erano più numerose e più estese che ora non siano; basta rammentare la metafisica, la trigometria, tutta la Divina Commedia a memoria e quasi altrettanto di Virgilio e di Orazio. Ma non avevamo la ginnastica obbligatoria. Ebbene quasi tutti noi sapevamo attraversare a nuoto il Ticino, arrampicarci sugli alberi più alti, saltare larghi fossi senza cascarci dentro, e girare a piedi, quando le vacanze ce lo permettevano, tutta la provincia.

Rividi lo stesso liceo dopo pochi anni e constatai che quei bravi scolari giravano sul trapezio come mulini e volteggiavano sui cavalletti con una certa eleganza, ma non sapevano più nuotare e tanto meno arrampicarsi sugli alberi che non fossero fatti come i pali della palestra.

I nostri esercizii erano per noi riposo della mente ed utilizzazione spontanea dei mezzi dell'ambiente e delle nostre naturali tendenze; pei nostri successori al liceo erano un'aggiunta di fatiche alle fatiche dei banchi scolastici.

E a coronamento di tutto il lavoro e delle preoccupazioni del corso dell'anno, si aggiunge poi l'incubo degli esami, che incomincia dei mesi prima a farsi sentire come una vaga inquietudine, e cresce gradatamente con un senso angoscioso di grave pericolo, che si avanza sempre più minaccioso.

Anche quando lo scolaro diligente e fornivo di robusta memoria non subisca tanta paura per l'avvicinarsi degli esami, non lascia per questo di vegliare la notte sui libri, di mangiare poco e digerir male, di prendere quantità grandi di caffè, sempre per cacciare dentro il cervello tutto ciò che vi può stare ed anche un po' di più, come quando si parte per un viaggio e all'ultimo momento si ficca nella valigia tutto quanto si può, e par sempre d'essersi dimenticati di qualcosa, e la si riempie e quando la si vuol chiudere non ci si riesce e sembra che scoppi e qualche volta scoppia davvero.

Che meraviglia se in tale stato di esaurimento del sistema nervoso, questo non resista ad una riprovazione, e lo scolaro talvolta si determini al suicidio?

Questo della bocciatura è un avvenimento che ci fa sorridere come d'un fatto senza importanza che si voglia gabellare per un evento grave. Noi, con la nostra esperienza della vita, diciamo subito: che gran male! studierà di più e passerà l'anno venturo. E se la bocciatura si ripeterà ancora, diremo: ebbene, farà qualche altra cosa, invece di fare il medico o l'avvocato si darà al commercio, al giornalismo, alle speculazioni. Quanti pessimi scolari non si sono visti diventare scopritori, esploratori, generali o, quanto meno, milionari.

Ma, dicendo tutto questo, noi non teniamo conto dell'amor proprio dello studente, dei suoi rapporti morali con i compagni, delle sue visioni sull'avvenire, della sua inesperienza della vita, della nevrastenia acuta in lui determinata dallo studio senza tregua, opprimente, eccessivo, complicato talvolta, oltrechè dalla ginnastica, da qualche passione amorosa, e, mentre ridiamo della bocciatura in genere, leggiamo talvolta nella cronaca del giornale che un colpo di rivoltella ne è stata la conseguenza immediata.

Quando poi l'organismo ha superato le due crisi, quella della pubertà e quella degli esami di licenza liceale, passa d'un tratto alla seconda parte, quella degli studi universitari, ove la vita gli cambia repentinamente d'aspetto, come a chi, guarito da una grave malattia, che per lunghi mesi l'abbia tenuto chiuso in una camera semi oscura, mefitica pel lezzo dei cataplasmi, jodoformio e acido fenico, si alzi e, aperta la finestra, si affacci alla vista d'un'ampia campagna splendida di verde e di sole.

All'Università la scomparsa d'ogni disciplina, la completa libertà nell'ordine degli studi, la mitezza degli esami permettono allo studente di riposare quanto e quando vuole. Non c'è da sorprendersi se molti studenti usino ed abusino di questa facoltà, dopo i tristi ricordi delle pastoie liceali. Per alcuni studenti difatti il corso Universitario è tutto un lungo riposo intercalato da qualche esame passato a scappellotti.

Il secondo periodo della vita, quello della maggior attività, della coesione delle forze, della logica nelle azioni, suole evitare con proporzionati riposi l'esaurimento nervoso. Il lavoro indirizzato verso uno scopo, avviato per una via che giustamente si dice carriera, si va facendo sempre più automatico e quindi meno faticoso. Con l'inoltrarsi degli anni si può lavorare apparentemente di più, stancandosi realmente di meno. I riposi, proporzionati al genere e alla durata dei lavori, sono più indispensabili anche in questo periodo. Guai all'uomo che, per avidità di guadagno, o per ambizioni politiche o per passione morbosa allo studio non concede a sè stesso lo svago d'un viaggio o d'una villeggiatura. L'esaurimento nervoso in tali casi non assume la forma acuta del giovine, ma non sarà neppure così facilmente rimediabile, tenderà a ripetersi, a perpetuarsi.

Quando, in questo secondo periodo, il lavoro è stato regolato sulle proprie forze, ed opportuni riposi non hanno lasciato luogo ad alcuna forma di nevrastenia, l'organismo bene allenato all'operosità ritmica, può compiere senza sforzo una somma considerevole di lavoro, e di lavoro improntato a maggior compostezza e solidità.

È così che il medico, l'avvocato, il politico, l'ingegnere, il commerciante, lo scienziato entra nel terzo periodo, che per gli organismi robusti, si protrae fino a tarda età (Leonardo, Tiziano, Gladstone, Moltke, Crispi, Volta, Morgagni, Verdi, Cellini, David, Darwin, Wallace, Kant, Lamarck); nel qual periodo si può lavorare assiduamente, necessitando di minori riposi che negli anni antecedenti, per le ragioni anzidette di automatismo e di allenamento.

Nè si può dire, come da taluno è stato senza prove affermato, che il lavoro dell'età inoltrata manchi di originalità. Non sarebbe difficile fare un elenco di opere compiute dai loro autori oltre la sessantina; così a memoria ricordo soltanto Verdi, che ha scritto l'Otello e il Falstaff più che settuagenario; Casanova che ha incominciato a scrivere le sue singolarissime memorie a settant'anni; Bacone che ha pubblicato il Novum organum a sessant'anni; Anatole France, che ha scritto e scrive i suoi più profondi e dilettosi libri nella sua florida vecchiezza ed infine Teodoro Fontane, il miglior romanziere moderno della Germania che ha incominciato a scrivere romanzi dopo i sessant'anni.

La donna, generalmente lavora meno dell'uomo; anzi, nelle classi elevate, spesso non lavora punto; nelle classi medie compie lavori meno esaurienti; e solo tra i contadini presenta in alcune contrade la eccezione di sostenere fatiche più lunghe e più gravi dell'uomo. In quest'ultimi casi la donna ha bisogno del riposo dei muscoli come ogni animale da soma o da tiro. Nei primi il bisogno di riposo è molto meno sentito; e nell'alta società, ove spesso non fa proprio niente, la donna cerca le distrazioni, che sono poi il riposo dell'ozio e della noia. Per la donna che si dà alle occupazioni dell'uomo, valgono le stesse regole che per quest'ultimo. Nell'alta società borghese, specialmente in America, la donna passa da uno svago all'altro, mentre l'uomo lavora febbrilmente; la donna mangiucchia comodamente sandwich e biscotti nei convegni femminili sportivi o meno, quando il marito di essa ingoia in fretta e furia ciò che gli capita in un bar qualunque; la prima sorseggia the caldo, mentre il secondo butta giù acqua diaccia e liquori; questi si affatica senza tregua, mentre quella riposa per lui. La conseguenza definitiva è che il marito è generalmente brutto, troppo magro o troppo grasso; la moglie per lo più bella, sovente bellissima, ed ha quasi sempre il conforto di sopravvivere parecchi anni al coniuge ricco e laborioso.

*

* *

I forti lavoratori sono stati tali appunto perchè, dotati di robuste costituzioni, di salute eccezionale, hanno lavorato intensamente, a lungo, senza concedersi alcun riposo per considerevoli periodi di tempo.

Vi sono stati e vi sono lavoratori gagliardi in ogni ramo dello scibile, ma al di fuori di quelli che abbiamo personalmente conosciuto, non possiamo giudicare pel passato se non di coloro, di cui son rimaste le opere e di cui si conosce minutamente la vita.

È perciò che noi abbiamo ragione di battezzare lavoratori vigorosi, ed alcuni anche straordinari, uomini quale Napoleone, che per vent'anni ha tenuto sossopra tutta l'Europa; Michelangelo che ha costruito edifizi colossali, dipinto volte e pareti vastissime e scolpito le più grandiose e prodigiose statue che mai l'immaginazione abbia concepito; Cellini, che ha passato molti anni a cesellar metalli, a fondere statue, a viaggiare per l'Europa, ad ammazzar gente e a raccontar lungamente tutte queste imprese; Rubens, che ha dipinto non meno di tremila quadri, e viaggiato e trattato affari diplomatici; Leonardo da Vinci ingegnere, pittore, scultore, naturalista ed autore di volumi poderosi; Bernini, che ha scolpito una folla di statue ed elevato innumerevoli e grandiosi edifizî; Darwin, che ha lasciato più di venti volumi, ognuno dei quali riassumeva il lavoro di molti anni; Littré che, fra gli altri e molti libri, ha portato a termine un Dizionario che avrebbe assorbito la vita di parecchi studiosi ad un tempo.

Potrei qui ancora ricordare il regime di lavoro di molti scienziati moderni. Mi limiterò ad uno di cui conosciamo minutamente la vita.

Darwin ha potuto compiere l'opera sua poderosa, malgrado la salute cagionevole, alternando al lavoro il riposo, non spingendo mai il primo oltre le proprie forze. Egli regolava così prudentemente il lavoro, che teneva accurato conto dei giorni di ozio e ne prendeva nota in un taccuino ove segnava parimenti i giorni di partenza e quelli di arrivo da qualche breve viaggio.

Talvolta il riposo non se lo prendeva spontaneamente, ma per consiglio della moglie, che avvertiva come egli avesse oltrepassato i limiti delle sue forze dal vederlo di malessere e sentirlo accusare delle vertigini. Allora se ne andava per una settimana a Londra presso il fratello o presso la figlia. Dichiarava che il viaggiare lo stancava, ma in realtà non risentiva alcun male, anzi ne godeva con gioia infantile, tanto più che aveva conservato sempre, con tutta la franchezza, un vivo amore pel paesaggio.

Meglio che a Londra però preferiva prendersi le vacanze presso Leith o presso Southampton, facendo lunghe passeggiate nei boschi o nelle brughiere, dove, quasi involontariamente, trovava sempre qualche cosa di nuovo da osservare.

Altre volte passava un tempo più lungo in stazione termale, e in tutti i casi ritornava sempre nella sua residenza di Down rinfrancato e pronto a nuove ricerche, a nuovi lavori.

CAPITOLO III.

Modi di riposare

«Riposerai dolcemente se il tuo cuore non avrà nulla da rimorderti».

GERSENIO.

Sommario: Attitudini varie. – Il riposo nell'arte. – Iside e Cavallotti. – Il sonno e la notte. – Distrazioni. – Isolamento. – La campagna. – Armonie della natura. – I viaggi. – Vari modi di viaggiare. – La ferrovia e l'automobile. – Sul mare. – La sensazione del tempo.

Si può riposare nelle più svariate attitudini.

L'Ercole Farnese riposa in piedi appoggiato ad un tronco d'albero; il Pensieroso dei sepolcri medicei seduto, col mento appoggiato sulla mano; Paolina Borghese del Canova semisdraiata, e la Antiope di Tiziano lunga distesa, in una posa che avrebbe sedotto, nonchè Giove, tutto l'Olimpo.

E questa di Antiope è la posizione del riposo vero, completo, perfetto. Nessun muscolo volontario è in azione. In questa giacitura, anche il cuore, muscolo potente ed indipendente dalla volontà, batte dieci volte di meno al minuto, cioè cinquemila volte di meno in un riposo di otto ore. Però nel dormire si preferisce, generalmente, alla supina, la posizione laterale; perchè poi si prescelga la giacitura sul fianco destro, anzichè sul sinistro, non credo si spieghi facilmente. Forse perchè il lato destro è più sviluppato del sinistro? Forse per facilitare l'irrorazione sanguigna dell'emisfero destro? forse per facilitare il passaggio dei cibi dallo stomaco al duodeno?

Lo stato di riposo, nelle sue varie forme, si è prestato spesso, ab antico, alle rappresentazioni artistiche. Gli Egizi popolarono i loro templi di Isidi, di Osiridi e di Nefti seduti. Imitando gli Egiziani, i Greci posero a guardia del tempio d'Apollo a Mileto, delle statue colossali sedute, rigide, con le mani posate sulle ginocchia, prime e solenni manifestazioni d'un'arte che non sapeva ancora infondere vita ed anima alle sue creazioni; quanto diverse dalle

Parche o dal Teseo di Fidia riposanti negli atteggiamenti più veri sul frontone del Partenone!

D'arte greca abbiamo poi nei nostri musei tale dovizia di figure sedute, sdraiate o dormenti nelle pose più semplici e naturali, che non v'è chi non ne ricordi in gran numero.

In generale i fiumi sono simboleggiati da colossi barbuti adagiati in un letto d'acqua, d'alghe e di canne; il più celebre è il Nilo, del Museo Vaticano, appoggiato ad una sfinge e popolato da una dozzina di puttini scherzanti fra loro giocondamente.

Un'altra bellissima statua vaticana, rappresentante il riposo in tutta la sua espressione, è l'Arianna dormente, dal braccio destro graziosamente piegato sul capo.

Non dormente, ma seduto in riposo, senza abbattimento, è, sempre nel Vaticano, la statua di Menandro, copia dall'originale greco dei figli di Prassitele.

Ricordo ancora la meravigliosa statua di Marte, giustamente attribuita a Scopa, del Museo nazionale di Roma. L'eroe è seduto col capo eretto, con le mani congiunte sul ginocchio sinistro, stanco ma pronto a rialzarsi al primo allarme.

Quale contrapposto alla statua, parimente seduta, ma significante, più che il riposo, l'accasciamento dell'anima e del corpo, di Napoleone, agli ultimi giorni di sua vita! È l'opera più suggestiva del Vela, che oggi si ammira in una sala del Louvre.

È da notare che Marte ed Ercole, come quelli che hanno più frequenti e forti motivi d'affaticarsi, sono assai sovente rappresentati in attitudine di riposo. Basti rammentare l'Ercole Farnese del museo di Napoli. L'eroe qui sta in piedi, ma appoggiato ad un tronco d'albero. Non credo che esista più realista espressione del riposo verticale.

Senza dire di altre innumerevoli statue di personaggi seduti o sdraiati e tanto meno delle infinite statue tombali raffiguranti il riposo eterno, citerò ancora pochi capolavori, quali il Mosè di Michelangelo, che è bensì seduto, ma in tale attitudine di fierezza e di energia che sembra poco compatibile con un vero riposo; e le statue dei sepolcri medicei, fra le quali emerge il Pensieroso. Quanta differenza fra questo pensieroso di Michelangelo e quel presunto Penseur di Rodin, di cui ho detto altrove!

Nell'opera neo-classica di Canova, come in quella di Thorwaldsen, troviamo pure parecchie statue in attitudine di riposo; basti rammentare del primo la Letizia Bonaparte, la principessa Esterhazy, la Maria Luisa, la Polinnia, la Dirce, la Najade, l'Endimione, la Maddalena e quella famosissima Paolina Borghese che Fidia non avrebbe sdegnato di firmare.

Di statue sedute moderne sono piene le piazze d'Italia, e si può dire, del mondo. Per restar in Italia abbiamo tutti sott'occhio in posa più o meno stanca ingegneri, statisti, musicisti, e perfino generali, come il Cosenz a Napoli e magari guerrieri simbolici come il Leonida di Cavallotti, che in mancanza di sedia, si è adagiato in terra.

Anche, e più, nella pittura si trovano personaggi in riposo. Le madonne di Raffaello sono tutte sedute tranne quella di Dresda e poche altre. Del Tiziano sono giacenti tutte le Veneri ed in genere, più o meno orizzontali le Veneri di tutti i pittori compreso Rubens, che soltanto nelle scene mitologiche ha rappresentato personaggi quieti e riposanti, a differenza degli agitati ed esagerati degli altri suoi innumerevoli quadri.

*

* *

Il riposo non implica il silenzio assoluto di tutte le funzioni, neppure nello stato di sonno, in cui soltanto alcune sono sospese, altre rallentate.

Nel mondo l'imagine più evidente del riposo ci vien data dalla notte, periodo nel quale riposano pure molti animali e molte piante. Non tutti però. Anche la notte, sul mare tranquillo, noi sentiamo il lieve fruscìo delle onde, udiamo il guizzo dei pesci che balzano fuori d'acqua, udiamo agitarsi miriadi di molluschi fosforescenti, mentre ci giungono all'orecchio sussurri indistinti che sembrano sospiri, e non sappiamo se ci vengono da lontano portati dal vento o salgano dagli abissi del mare. Così nell'alta montagna, dove la vita sembra spenta sotto ogni forma, noi sentiamo lo scricchiolio dei ghiacci, il gemito e l'urlo dei venti e il fragor delle valanghe. Neppure in quelle solitudini v'è il silenzio, il riposo assoluto e completo.

A maggior ragione non esiste nell'abitato durante la notte. In una città sono scomparsi gli assordanti rumori dei veicoli, le grida dei venditori, i mille frastuoni della folla circolante; porte, botteghe e finestre sono chiuse, metà dei fanali sono spenti; tuttavia qualche rara carrozza attraversa una via, qualche malvivente striscia rasente il muro, qualche amante si affretta sul marciapiede, qualche avvinazzato serpeggia per la strada; son figure incerte, indistinte che s'indovinano, si travedono e scompajono.

Così avviene quando dormiamo. Le facoltà intellettuali sono sospese. Non più passioni, non più amori, non più problemi da risolvere nè doveri da compiere o ambizioni da soddisfare. Un'ideazione fantastica, disordinata, incoerente, annebbiata, sostituisce il lavoro mentale, proficuo, metodico della veglia. I sogni più incongrui attraversano le circonvoluzioni cerebrali come nottambuli ed ubbriachi per le vie della città dormente.

*

* *

Le forme di riposo che si offrono alla stanchezza delle facoltà mentali sono fondamentalmente due, la distrazione, l'isolamento.

I modi atti ad ottenere la distrazione, cioè una occupazione leggera e piacevole, diversa pertanto da quelle che hanno generato la fatica, sono numerosi ed hanno per base il mutamento dei luoghi, di prospettive, di attitudini. D'onde i viaggi, le escursioni, i teatri e simili. Vi sono distrazioni che richiedono pure una somma di lavoro non indifferente. Per esempio i viaggi che obbligano alle preoccupazioni degli orari, degli arrivi, delle partenze, a mille piccole contestazioni, allo sconvolgimento delle abitudini. Ma è lavoro a cui si accompagnano sensazioni piacevoli, è lavoro che non richiede attenzione continuata, che non esaurisce i centri nervosi, assai diverso per grado e per natura da quello che aveva prima condotto a questo risultato.

L'isolamento è pure un modo, più che una condizione, di riposo. Ma perchè dia luogo ad un riposo vero, proficuo, richiede: 1° un carattere fermo; un temperamento speciale, vicino a quello che gli antichi medici dicevano flemmatico; un'indole socievole nelle condizioni ordinarie della vita, ma capace, fuor di queste, di sopportare, anzi di gioire della solitudine. 2° Che il lavoro precesso, quello del quale l'organismo reclama il riposo, sia stato pieno di movimento, di agitazione, così che l'isolamento ne rappresenti il contrasto, la reazione. 3° Un luogo romito, solitario, preferibilmente sulla riva d'un lago o del mare, o sull'alto dei monti.

*

* *

Nel bisogno di riposo suol farsi vivamente sentire l'aspirazione alla campagna, rinasce l'istinto naturale, che richiama l'uomo alla sua prima dimora, all'ambiente del bosco e della spiaggia.

All'aperta campagna corre nei giorni festivi il cittadino, quello specialmente che vive tutta la settimana in ambienti chiusi, nella bottega, nell'ufficio; alla campagna corre, per rimanervi, il cittadino che ha esaurita la sua attività speciale, il commerciante che liquida, il militare o l'impiegato che vien posto a ritiro. Però, di questa classe di persone, che per tutta la vita ha aspirato alla libertà e alla quiete dei campi, alcuni ci si trovan bene e ci rimangono, altri vi si annoja e ritorna dopo breve tempo a riposare in città. Similmente i medici, gli avvocati, i professionisti in genere, nutrono di queste aspirazioni, ma, anche vecchi, ne rimandano l'attuazione da oggi a domani, non riescono a staccarsi dagli affari, dalla clientela, e per lo più finiscono sulla breccia, passano dal lavoro al riposo solenne, senza ritorno.

Ma per chi ha la possibilità di staccarsi dalle occupazioni, per chi ha la fortuna di saper conversare con se stesso o con la natura, lungi dagli intrighi, dalle menzogne, dai pettegolezzi delle città, nessun ambiente più atto al riposo dell'anima che l'aperta campagna.

All'aperta campagna l'uomo e la natura si completano, si fondono in una soave armonia. L'anima della natura penetra nell'anima umana, così che l'uomo non sa più distinguere se stesso dalle rocce, dagli alberi, dal paesaggio che lo circonda. Questo sarebbe muto senza di lui, ma egli crede che non avrebbe ragione d'esistere fra le mura d'una città tetra e rumorosa, senza quel paesaggio intorno.

Quanto è inferiore la suggestione dell'opera d'arte a quella della natura! Si può rimanere estatici d'ammirazione innanzi ad un'opera d'arte come il Duomo di Colonia, ma non si proverà mai l'emozione che desta nel profondo dell'anima il navigare sul Reno per giungere a quella città. E quanto della loro bellezza non debbono molti monumenti all'ambiente che li circonda. L'ammirazione di cui sono oggetto l'Acropoli d'Atene, il tempio di Segesta, e le piramidi d'Egitto si deve forse più al sole che li inonda, che alla semplicità delle loro linee. Togliete il Teatro Greco di Taormina dal promontorio cui si erge e non avrete che un ammasso di rottami insignificanti.

*

* *

Il viaggiare è uno dei modi di riposare più utili e più ovvi agli operai dell'intelligenza.

Per un professionista, ad esempio per un medico molto richiesto, che non sa mai svegliandosi alla mattina, dove si coricherà alla sera, nè sa preventivamente a che ora si potrà mettere a tavola e dove pranzerà, il viaggiare per diporto è uno dei piaceri più grandi, più intensi che gli si possano offrire ed è un modo di riposo che non contrasta violentemente con le abitudini del movimento e di rapporti professionali, come sarebbe il ridursi di botto nella quiete e nell'inerzia della campagna.

Questa può bensì arridere all'uomo d'affari e di professione, che non ha un momento di tregua; ma se d'un tratto vi si rechi con l'intenzione di riposare in tutto il senso della parola, vi troverà più facilmente la sperata requie, se sarà prima passato per un periodo transitorio di minor lavoro o di un viaggio.

È soltanto in questo senso che aveva ragione Mantegazza quando scriveva che non si può impunemente passare dal lavoro intenso al riposo assoluto.

Il viaggiare è un piacere che ne contiene parecchi altri. Poter dire, alzandosi da letto: oggi impiegherò tutta la giornata, proprio tutta, tutta intera, come mi piacerà; e poi andar in giro per le strade senza salutare o essere salutati da alcuno; e andare a pranzo quando si ha fame; ed entrare in un caffè, certi che nessuno verrà a sedervisi vicino, per raccontarvi le convulsioni della moglie; ed andar a teatro senza la più remota apprensione d'esser chiamati fuori alla metà del secondo atto; e in mezzo a tutto questo, poter dedicare qualche ora all'ammirazione di opere d'arte o abbandonarsi alla contemplazione di paesaggi; ah! sono gioie impagabili, che, sol chi non lavora e non le ha provate, non riesce ad apprezzare e neppure a comprendere.

Il miglior modo di viaggiare, per riposo della mente, sarebbe il viaggiare a piedi. Dico sarebbe, perchè ormai i nostri mezzi di locomozione, dalla bicicletta all'aeroplano, e, intermedi dominanti, le ferrovie e i piroscafi ci hanno fatto abbandonare la podistica. Eppure il viaggiare a piedi o a cavallo, dei nostri bisavoli, era ricco di piccole sorprese gradevoli, si prestava alla tranquilla meditazione, favoriva lo sbocciare spontaneo delle idee, la loro naturale concatenazione senza sforzo, senza fatica. Senza farne un vero ambiente di lavoro, come Rousseau che, si può dire abbia scritto la nuova Eloisa e il Contratto sociale nelle sue lunghe passeggiate o come Darwin che, passeggiando in campagna, ha meditato le sue vaste teorie; è certo che il viaggiare a piedi per monti e per valli offre le migliori condizioni pel riposo della mende con gradevoli meditazioni.

Ma chi avrebbe oggi la pazienza di compiere lunghi viaggi a piedi, di andare come Casanova, da Venezia a Cosenza, con questo mezzo di locomozione, mentre disponiamo di molti altri mezzi che ci trasportano rapidamente a grandi distanze?

E trovarsi in brevissimo tempo a grande distanza dal punto di partenza, significa mettersi sott'occhio luoghi, cose e persone del tutto diverse da quelle che frequentiamo abitualmente, più atte perciò a cancellare le impressioni abituali, quelle che ci avevano condotti alla noia o all'esaurimento.

Del resto i viaggi lontani non escludono i viaggi vicini; nè la ferrovia e l'automobile escludono la semplice bicicletta o le scarpe ferrate.

Il riposo cerebrale è però ben diverso secondo il mezzo di locomozione.

In ferrovia, anche se si sta ad occhi chiusi, il fremito del treno, i sussulti continui, la vita agitata tra i compagni di viaggio, non favoriscono punto la tranquillità della mente o il placido e lungo fantasticare. Se il tragitto è di molte ore, finisce per ottundere l'intelligenza. Molte persone sono incapaci di scrivere bene una lettera dopo dodici ore di treno. Se si sta ad occhi aperti, la fuga di campagne, villaggi e stazioni non permette di ammirare come si vorrebbe le bellezze e finisce per esasperare, tanto più se si aggiunge una sequela di trafori. Chi ha per caso percorso di giorno la linea Genova-Spezia, può dirne qualche cosa.

Aggiungasi che in ferrovia l'uomo è ridotto allo stato d'un animale che abbia gli occhi ai lati della testa e possa usarne uno solo. Del paese che si percorre non si vede che un lato. Si può viaggiare per un'ora lungo un fiume, credendosi fra i monti, com'è accaduto nei tempi pre-ferroviari a quel tale inglese che compì il giro del lago di Ginevra in una di quelle carrozze aperte da un lato che allora usavano in Svizzera. Partì con le spalle rivolte al lago e ritornò nella stessa posizione soddisfatto d'aver visto il Lemano.... che non aveva visto.

In automobile la cosa è differente.

Noi torniamo ad esser uomini, coi nostri occhi in fronte, e possiamo con essi abbracciare simultaneamente tutta la prospettiva come fossimo in piedi. C'è però questa differenza che, a meno di viaggiare nelle steppe, essa ci si accosta e muta con tanta rapidità che lascia poco luogo alla contemplazione lunga, silenziosa, fonte di meditazioni e di sogni.

E quel che è singolare, gli è che in automobile non si desidera neppure che un bel paesaggio si offra a lungo alla nostra ammirazione. Non ci sarebbe che fermare il motore. Non si sente altro desiderio che di correre, correre, sempre correre. Anche giunti alla meta, non si ha altra preoccupazione che quella di ripartire, ed ogni ritardo dovuto alle gomme, alla lubrificazione o a qualche avaria, ci fa star sulle spine.

Ora questa ossessione d'indole generale, e tutte le altre minute preoccupazioni, noie e molestie che siedono in groppa ai 30 HP.; il fremito e le scosse della macchina, il vento e la polvere in viso, e anche un pochino il timore di panne, scontri, investimenti e salti nei fossi non lasciano al cervello tutta la serenità che sarebbe desiderabile.

Aggiungasi le ingiurie dei carrettieri, le maledizioni dei proprietari di maiali, cani e galline, nonchè quelle dei villici e villeggianti tranquillamente seduti al fresco innanzi la porta di casa e che d'un tratto si trovano avvolti da un nembo di polvere accecante ed asfissiante, le intimazioni e multe ed altre angherie, che piovono inattese per fantastiche violazioni di regolamenti; tutto ciò alla fine stanca anzichè riposare, tutto ciò è ben lungi dal procurare la calma deliziosa dell'antico viaggio a piedi, o di quello moderno in ferrovia a brevi percorsi, o di quello sul mare preferibile a tutti.

Dopo aver sconsigliato, a chi nel viaggio cerchi riposo, l'uso dell'HP ci tengo a far subito una dichiarazione. Non sono punto misoneista. Al contrario sono un appassionato del volante, e io stesso ho compiuto escursioni brevi e lunghe col moderno veicolo. Ma appunto perciò ne conosco bene i pregi ed i difetti, pregi inestimabili e difetti incorreggibili.

Inconvenienti anche più grossi, sempre sotto il riguardo del riposo morale, possiede la motocicletta, dove il viatore deve funzionare da macchinista e sottostare ad una tensione continua del sistema nervoso e del muscolare.

Un po' più di libertà cerebrale lascia la bicicletta, ma anche questa, benchè in minor grado, ha gli svantaggi della sua sorella a benzina.

C'è voluto tutta l'abilità mistificatrice di Stecchetti per dar ad intendere che aveva composto uno dei suoi agili sonetti, correndo in biciclo tra Bologna e non rammento qual'altra città.

Per poter ammirare i paesaggi che si offrono lungo un viaggio, è indispensabile muoversi lentamente ed esser trasportati da un veicolo che non richieda la nostra attenzione o dalle nostre gambe, non troppo affaticate.

Perchè il paesaggio non è qualcosa di obbiettivo; è paesaggio in quanto la sua immagine si projetta su organi che trasmettono e destano nell'anima le sensazioni deliziose della grandiosità delle linee, dell'armonia dei colori, della poesia del silenzio.

Non a tutti si rivela la profonda malinconia dei boschi di Vallombrosa o l'azzurra giocondità del mar di Sorrento. Ed anche coloro che sono capaci di sentire l'una e l'altra, non potranno abbandonarsi alla dolcezza di queste visioni il giorno in cui siano colpiti dalla minaccia o dall'annunzio d'una sventura domestica.

Si può viaggiare a scopo esclusivo di commerci o di studi ed allora il viaggio è un lavoro, che a lungo andare affatica ed annoia, e dal quale si riposa tornando a casa. Ma io qui non scrivo che dei viaggi a fin di distrazione. E questi ne offrono a tutti. A chi abbia tendenze gaudiose, le città offrono teatri e ritrovi svariati; all'artista presentano quadri e monumenti e vedute; alla persona dotta i documenti visibili e tangibili della storia, della geografia, dell'etnologia.

Ho inteso dire che ormai la fotografia e la cinematografia ci dispensano dal viaggiare. Ma la comoda opinione non merita d'esser discussa. La fotografia può bensì accrescere le gioie di un viaggio. Quando noi viaggiamo, comperiamo molte fotografie dei luoghi più ammirati o li ritragghiamo noi stessi affinchè poi, tornati a casa, risentiamo guardandole, l'eco di quelle emozioni che ci hanno destato nella realtà. Ma non si può pretendere che la fotografia si sostituisca alla realtà stessa.

E una vera colpa commette chi ha tempo, mezzi ed occasioni a viaggiare, e non viaggia. Gli Anglo-Sassoni viaggiano molto, direi quasi troppo. I Francesi pochissimo. Gli Italiani stanno in mezzo. Parlo sempre di coloro che viaggiano per riposare, per distrarsi; in caso diverso gl'italiani sarebbero forse i primi.

Da noi, i vecchi per lo più non viaggiano, si ritirano volontieri nella tana, vegetano, meditano sulla morte, si mummificano. E per vecchi intendo persone ancora vegete e sane, che potrebbero mantenersi tali per anni parecchi se si comportassero come gli anglo-sassoni. A 70 o anche 80 anni questi non temono di scendere ogni anno in Italia, e, al ritorno dalla loro escursione, fanno progetti per l'anno seguente.

*

* *

55

Il piacere del viaggiare è poi completato dalla gioia serena del ritorno al focolare domestico.

Finchè si scende da un treno per salire in un piroscafo, finchè si entra ed esce da una serie di Hôtels, tutti simili fra loro, si percorrono strade, si visitano chiese, si attraversano musei, un po' troppo rapidamente, un'immagine succede l'altra, e tutte si fondono in una tinta neutra. Ma quando, ritornati a casa, la vita riprende il suo corso abituale, il suo ritmo regolare, le impressioni delle linee e dei colori visti in viaggio si ridestano, si ravvivano, riappaiono vivaci persone e cose che parevano dimenticate; si rianimano piccoli episodi insignificanti; si risente il frastuono d'una cascata, l'odore della terra umida in un mattino nebbioso, si ricordano tutti i personaggi d'una rappresentazione, si rivede la donna che vi ha urtato col gomito, il fattorino che vi ha spolverato il cappello e perfino quella biondona dell'esercito della salute che sull'angolo del Boulevard, tra un viavai di cocottes, distribuiva gl'inviti ad una conferenza con relativi inni sacri.

È allora che si perfezionano le gioie del viaggiare.

*

* *

Anche viaggiando, dunque, si può riposare. E noi fortunati europei, e più fortunati di tutti noi italiani che, senza andar molto lontano, pur restando nei confini della patria, possiamo contemplare le superbe cime delle Alpi e le vette fumanti dell'Etna, i laghi di Lombardia e il golfo di Napoli, il campanile di Giotto e il Duomo di Orvieto, le cupole di S. Marco e i colonnati di Agrigento, quanto vi è al mondo di più splendido, di più glorioso. Una giornata a Capri è largo compenso ad un mese di lavoro, come una giornata del nostro sole fa dimenticare le brume di Londra. Nessun riposo più delizioso che l'andar vagando per le minori città della Toscana e dell'Umbria, soffermandosi, senza programma preventivo, ove più ove meno, un giorno a Lucca e quattro a Siena, tre ad Assisi e tre a Perugia, collegando Roma a Firenze con una catena di monumenti e di paesaggi, che ci raccontano tanta parte di storia e ci rammentano tutta l'arte del rinascimento.

Vi è pure un modo di riposare che, a grandissimo nostro torto, è in Italia poco conosciuto e meno praticato. Mentre poi è proprio il nostro paese quello che, in tutta Europa, forse in tutto il mondo, più vi si presta; siamo proprio noi che abbiamo le coste più belle e più pittoresche, che si svolgono per più di duemila miglia, lungo un mare ora d'indaco or di zaffiro, che vantiamo le città più ricche e più superbe scaglionate lungo queste coste, da Genova a Venezia, quelli che non sappiamo trarne alcun vantaggio nel senso che sto per dire.

Vi sono piroscafi che, partendo da Genova, toccano tutti i porti, anche secondari, lungo il Tirreno e poi il Ionio e l'Adriatico e guidano fino a Venezia, impiegando in questo percorso dieci a dodici giorni o poco più. Io che ho molta fiducia nel riposo sul mare e vi ho fatto io stesso ricorso ogni volta che ero in procinto di piombare nella nevrastenia per eccesso di lavoro, ho compiuto più d'una volta simili viaggi di piccolo cabottaggio. Ebbene, una volta sola mi sono incontrato con un'altra persona che viaggiava allo stesso scopo.

Mi ero imbarcato a Messina su d'un piroscafo della Navigazione Generale per giungere a Venezia in otto giorni, sostando a Catanzaro, Cotrone, Gallipoli e simili porti minori. A bordo trovai un solo passeggero, un avvocato milanese, il quale si affrettò a giustificarsi della sua presenza. Egli era andato a Genova per riposare e fare in una delle spiagge vicine i bagni di mare. Voleva starvi un mese e doveva per conseguenza installarsi in un albergo, prendervi la pensione, e.... annoiarsi per tutto il tempo in cui sarebbe stato fuori d'acqua. Allora fu che gli balenò l'idea di prender posto su uno di quei piroscafi, che in un mese vanno e tornano da Venezia, fermandosi ogni giorno in qualche rada o in qualche porto. Ad ogni fermata, cioè ogni giorno, egli scendeva a fare il bagno in mare; se la sosta era lunga visitava pure la città; il resto del tempo passava tranquillamente a bordo in un vero riposo pieno di piccole distrazioni, e, alla fatta dei conti, spendeva meno che a star fermo a Pegli o ad Albaro.

Non so se l'esempio del mio compagno di viaggio sia stato imitato; ma ritengo che molti lo imiterebbero se conoscessero la possibilità e la facilità di questa combinazione. Nè si può obiettare l'inconveniente del mal di mare, perchè in estate il nostro mare è così placido che raramente ho visto qualcuno soffrire.

*

* *

Un fenomeno apparentemente paradossale che si manifesta nella coscienza di chi viaggia per diporto, è quella dell'alterata sensazione del tempo.

Un vostro amico parte per un viaggio, mentre voi rimanete in residenza, attendendo ai soliti affari vostri. Dopo un mese, che per voi è passato rapidamente, senz'accorgervene, incontrate l'amico, e lì per lì vi meravigliate di sentire che è stato via un mese intero. Un'altra volta siete voi che partite; andate vagando per varie città, visitate tutto senza punto annoiarvi, il tempo appena vi basta a soddisfare tutte le curiosità. Eppure, dopo pochi giorni, vi sembra di esser lontani dalla vostra casa da gran tempo. Poi passate i confini, girate per la Svizzera, vi spingete in Germania, visitate con sommo interesse Monaco, Lipsia, Dresda, Berlino, ammirate con intenso godimento i paesaggi del Reno e le cattedrali gotiche e guardate con profondo disgusto la stazione tedesca di Basilea e il monumento della battaglia di Lipsia e il ponte di Colonia.

Son passati quasi due mesi e della vostra città conservate un'idea vaga, lontana, come di luogo d'onde si manchi da più d'un anno.

Quando pensate al ritorno, vi pare che i vostri amici debbano essersi dimenticati di voi; se ricordate i vostri interessi, vi sembra che tutto sia trascurato, che molte persone debbano aver profittato della vostra interminabile assenza per danneggiarvi; anche pensando alla città, credete di dovervi trovare molte cose cambiate, quel tal palazzo compiuto, quella tal strada aperta, forse il sindaco mutato e fors'anche gli abitanti migliorati.

Finalmente ritornate.

La prima sorpresa che provate sarà quella di trovare tutto allo stato in cui l'avete lasciato. La seconda la proverete quando, l'amico a cui andate incontro salutandolo con effusione, vi dirà con molta calma: Ah! sei stato in viaggio? Toh! non lo sapevo. Ma se mi pare che ci siam visti pochi giorni fa in piazza Garibaldi?

Evidentemente la sorpresa vostra e la sua dipendono da ciò che lo stesso periodo di tempo a lui è sembrato breve, a voi è parso lunghissimo.

Nè a tutta prima si riesce ad afferrar la ragione di tale contrasto. È probabile che dipenda dalla condizione subbiettiva di chi sta fermo e di chi si muove.

Chi trae la vita metodica dell'impiegato, del professionista, del negoziante, compiendo ogni giorno gli stessi atti, le stesse funzioni, esposto ritmicamente alle stesse impressioni, non ha una nozione netta della fugacità del tempo. È come chi salga su un tram di circonvallazione e compia parecchie volte di seguito il giro perimetrale della città. Non ha l'impressione d'aver fatto un lungo percorso, sol perchè è ripassato sempre negli stessi punti.

Ma il nostro impiegato, il nostro professionista, è solo dopo dieci o vent'anni che s'accorge come il tempo sia volato. Una data di dieci anni prima gli sembra di ieri.

Al contrario chi viaggia con diletto, senza preoccupazioni, interessandosi al quadro del Museo come alla cuffia delle contadine, sente le ore passar di volo, vorrebbe fermarle per poter fare e vedere tutto quanto si era proposto; e quando alla fine della giornata, addiziona i ricordi di tutto ciò che ha fatto o visto, gli pare d'aver dovuto impiegare a ciò un tempo assai maggiore di quello che in realtà vi ha dedicato; certe cose fatte alla mattina par che rimontino a varî giorni innanzi. Alla fine d'un mese poi, siccome la mente ha per termine di paragonare le impressioni della vita abituale, così non si persuade facilmente che nel breve periodo di trenta giorni abbia potuto far tante cose diverse, quali d'ordinario non si fanno in molti mesi. D'onde l'illusione d'avervi impiegato un tempo assai più lungo.

CAPITOLO IV.

Luoghi di riposo

«L'ozio è dolce quando esce dal seno della fatica».

GIORDANO BRUNO.

Sommario: La scelta d'un rifugio. – Città o campagna? – Pianure, monti, mari e laghi. – Sensazioni di paesaggio. – Città grandi e città piccole. – Venezia. – Torino. – Firenze. – Pavia, – Siena. – Perugia. – Assisi. – Siracusa. – Vinadio. – Vallombrosa. – Taormina.

Per chi non ha la fortuna di possedere una o più ville proprie, delle quali sia pienamente soddisfatto, o un yacht nel quale possa comodamente installarsi, la scelta di un luogo di riposo non è sempre delle più facili. Talvolta anzi aggiunge una nuova serie di fatiche alle fatiche precedenti, dalle quali si vorrebbe riposare. Al nostro lavoratore può accadere per esempio, che faccia le valigie e prenda il treno verso una meta non ben cognita ma suggerita dal ricordo d'un cartellone, dalla lettura d'una descrizione o dal consiglio d'un amico che c'è passato. Salito in treno, si raggomitola nell'angolo preferito, presso il finestrino e si abbandona ad una serie di pensieri vaghi, sparsi, incoerenti, per la maggior parte tinti di roseo e cosparsi di gocce di rugiada come un boschetto al mattino di primavera; i quali pensieri si possono alla meglio tradurre così: che gioia intima, ineffabile, per tutto un mese, non aver più intorno clienti, colleghi, allievi e seccatori! Vivere per trenta giorni in un ambiente tutto nuovo; non sentir neppur più parlare della cuoca, del sarto, del sindaco e del deputato! E pregusta tutto il godimento squisito di rifugiarsi in un sito romantico, in un angolo del mondo quasi sconosciuto ma fornito di un modesto albergo silenzioso, ove condurrà una vita quieta, solinga, vegetativa e meditativa; colazione, pranzo, una passeggiata pei sentieri romiti, il resto del tempo sdraiato a leggicchiare una rivista, o a mirare dalla terrazza il panorama dei monti.

Difatti il nostro operaio del pensiero giunge nel luogo recondito e si installa nell'albergo silenzioso.

Alla sera va a letto per tempo, nella fiducia di tirar via un sonno fino al mattino. Senonchè non aveva riflettuto che ci sono dei treni che arrivano tardi, anche verso la mezzanotte, ciò che gli vien rammentato a varie riprese, da gente molto educata che scalpita nel corridoio e sbatacchia le porte. La sua fiducia nella quiete del luogo e dell'albergo è già un po' scossa. S'accorge che troppa gente è venuta a cercar qui, come lui, la pace delle silenti vallate. Ad ogni modo, pensa, a quest'ora non giungeranno più treni. E si volta dall'altro lato.

Ma non aveva neppure sospettato che ci fossero coinquilini che si ritiravano nelle ore piccole da varii ritrovi, magari cantarellando e commentando fra loro gli avvenimenti del casino. Inoltre, se ci sono viaggiatori che arrivano tardi, ci sono pure quelli che partono presto, verso le cinque; quindi camerieri che bussano alle porte, magari sbagliando numero, facchini che trascinano i bauli, americani che fanno il comodaccio loro.

— Sarà una notte eccezionale – riflette l'operaio – e si rassegna, ma non troppo.

Non potendo più dormire, si alza e va a fare una passeggiata. Meno male, nessuno l'ha disturbato, tranne un contadino che gli è corso dietro minacciandolo perchè, distratto, s'era inoltrato in un sentiero col cancelletto aperto. Ma ha bevuto in uno chalet una tazza di latte, che ha pagato il triplo di quanto valeva. Ritornato all'Hôtel ode suonare il tam-tam della colazione. Egli non ha fame, ma deve mangiare ugualmente. Perciò mangia poco o nulla. Per compenso, all'ora di pranzo, essendo affamato come Gargantua, trova un menù ricco di gamberi, di fegatini, costolette di montone e d'altre cose che egli aborre.

Incomincia ad esser disgustato, ma decide di rimanere ancora un giorno, perchè vuol fare una escursione sul vicino Picco della vacca morta. E l'avrebbe fatta, se il giorno seguente la nebbia avesse concesso di vedere il picco. Il picco era sparito.

Allora se ne va in un'altra stazione estiva; e siccome in questa e nel relativo Hôtel incontra press'a poco le stesse molestie, si dà a vagare da un albergo all'altro, senza mai trovare la quiete e il silenzio a cui aspirava.

Quando fa ritorno alla sua residenza, gli amici gli osservano: Ma sai che sei dimagrito! Sei stato ammalato, forse?

No, non è stato ammalato. È che ha troppo preteso dagli alberghi e dai luoghi piuttosto frequentati; non ha saputo scegliere i siti confacenti ai suoi desiderii; non ha saputo cercare ambienti adatti al genere di riposo che egli sognava.

L'anno seguente, scaltrito dall'esperienza precedente, il nostro professore, avvocato o funzionario cambia rotta.

Sedotto dalla quiete solenne d'un bel meriggio, allettato dall'ampio verde che circonda un villaggio prealpino, scopertovi un piccolo ma lindo albergo, fortunatamente ignorato dal Baedeker, trovatavi una comoda stanzetta, dalla quale si abbraccia un largo panorama di valli e di rocce, esclama come il centurione romano, hic manebimus optime e tratta con la semplice locandiera per restarvi un mesetto. Stanco e soddisfatto d'un pasto frugale, va presto a letto e questa volta dorme il sonno profondo del giusto e del malvagio.

Però alla mattina, molto per tempo, il quadretto idilliaco incomincia a tarlare.

Dal sottostante pollaio un gallo annunzia ad alta voce che fra un paio d'ore sorgerà il sole, e siccome nessuno gli crede, ripete il suo monito di dieci in dieci minuti, finchè l'alba spunta davvero. Allora il gallo smette, ma incomincia a ragliare un asinello e a scalpitare una mula scuotendo tutta la casa. Col sorgere del sole poi le cose cambiano. Le campane della parrocchia prendono a suonare a distesa e quelle di altre due chiesette si affrettano a far coro. Ogni tanto pare che la smettano, ma subito ricominciano, alternandosi come persone stanche.

Intanto i carri escono dalle loro rimesso rimbalzando sul ciottolato e confondendo il loro frastuono con quello d'un bottaio e d'un calderaio che esercitano le loro antiche industrie a poca distanza. La sola differenza fra questi artieri è che il primo alterna i colpi al cerchio e alla botte, mentre il secondo batte sempre ad un modo, come ostinato in un'idea fissa.

Esce a fare una lunga passeggiata nelle verdi convalli ed, al ritorno, trova che tutto è rientrato nella quiete. È mezzogiorno ed il sole cade a piombo sul villaggio. Fa colazione, difendendosi dalle mosche che, in verità, sono assai copiose, e poi risale nella cameretta per riposare leggendo. E vi riposa, ma non troppo a lungo, perchè dopo un quarto d'ora gli giungono all'orecchio le prime note di un clarino. Alle prime seguono le seconde e le terze. È il bottaio, come seppe più tardi, che nelle ore di riposo si tiene in esercizio come primo clarino della banda municipale.

In seguito riappariscono varie altre dissonanze e fino a tarda notte gli operai di alcuni opifici delle vicinanze, che avevano ricevuto la paga, manifestarono con canti diversi e con qualche rissa la loro piena soddisfazione.

Anche questa volta il nostro professore, avvocato, o funzionario non è molto soddisfatto del luogo scelto per riposare; si prova a resistere per qualche altro giorno, ma termina anche questa volta col darsi per vinto, abbandona il verde, il gallo, le mosche, ed il clarino, ritornando a casa mortificato e deluso.

*
* *

E dove potrà rifugiarsi il nostro professore, il nostro avvocato, il nostro funzionario per trovarvi il luogo di pace e di riposo? Dovrà percorrere tutta l'Europa in cerca del luogo ideale?

Ecco. Prima di tutto dovrà esser persuaso che finchè vive tra uomini, qualche piccola molestia dovrà pur sempre subirla. Perfino gli antichi tirannelli, padroni assoluti del loro piccolo mondo, dovevano far battere le acque dei fossati intorno ai castelli, se volevano liberarsi per qualche ora dal gracidar delle rane. Ammesso questo, dovrà fare un esame preliminare e sincero dei propri gusti, guidandosi con la propria esperienza passata. Troverà egli, si deve chiedere, il desiderato riposo in una grande città, o in aperta campagna? Risolta questa prima parte del problema, dovrà, se sceglie la vita d'albergo, fuggire quelli troppo lussuosi e rumorosi, e, in ogni caso non pretender troppo neppure dagli altri. Se sceglie la casa privata, aprir, bene gli occhi e più ancora gli orecchi, non compromettersi prima della prova, e non esser neppure in questo caso troppo esigente. Pensi che neppure dai cenobii su cui sta scritto: Elongavi fugiens et mansi in solitudine è bandita ogni forma di rumore e di disturbo del prossimo. Pensi che anche Manzoni, nella sua villa di Brusuglio, si seccava maledettamente del cinguettìo dei passeri sugli alberi.

Un luogo di riposo adattabile a tutti i temperamenti non esiste. V'è chi si annoia in mezzo al più inebbriante paesaggio. V'è chi soffoca se non vede aria libera e campi d'ogni intorno. L'uno soffre la nostalgia del chiasso, l'altro non sa raccogliere un'idea se non nel completo silenzio; l'uno non concepisce il riposo senza distrazioni, l'altro non sa che farne; l'uno non vede il bello che nell'opera d'arte, l'altro non ha sollievo che nella contemplazione della natura. È questione d'indole, di educazione, di cultura.

*
* *

Premesse queste avvertenze voglio provarmi a largire qualche consiglio al nostro avvocato, professore o funzionario che sia. Siccome però il mondo è grande, per quanto i filosofi vogliano dar ad intendere che è una goccia di fango indurito ed ammuffito lanciata negl'infiniti spazii, le mie indicazioni si limiteranno ad una ristretta porzione di questa goccia, e precisamente all'Italia, ove del resto c'è un po' di tutto, monti e pianure, mari e laghi, città maiuscole e minuscole, quanto basta ad offrire una varietà di siti confacenti a tutti i gusti.

Non sarà davvero colpa mia e neppure del bel paese se il mio cliente non vi troverà ancora il rifugio ideale, il luogo del perfetto riposo.

Allora se lo cerchi da sè.

*
* *

L'influenza esercitata dall'ambiente sul sistema nervoso è così innegabile che bisogna tenerne conto, volendo che il riposo sia veramente proficuo e, ristoratore.

Per chi ha bisogno di riposo, direi preventivo, cioè per evitare di giungere col lavoro fino alla stanchezza basterà il sospendere le occupazioni abituali, anche a costo di assumerne altre sotto forma e nome di distrazioni. Sarà un riposo di primo grado, che potrà ottenersi tanto in città che sui monti o sul mare.

Un riposo di secondo grado sarà necessario a chi per intenso lavoro siasi affaticato tanto da sentire la stanchezza, la difficoltà insuperabile di continuare a lavorare. A questi non converranno le distrazioni cittadine; sarà invece opportuna la campagna, la tranquillità, le brevi escursioni; essendo ancora subordinato ai gusti individuali il recarsi in alta montagna o in pianura, sulle rive dei laghi o del mare.

Ma per chi, esausto da occupazioni e preoccupazioni intense e prolungate, sia caduto in quello stato di esaurimento nervoso, che va col nome di nevrastenia, non è più indifferente lo scegliere l'una o l'altra residenza. L'ambiente cittadino non gli conviene punto, perchè non fa che ricordargli il lavoro, il guadagno, le ambizioni, gli attriti, tutto ciò che lo ha condotto allo stato in cui si trova.

Non gli conviene l'alta montagna con la sua grandiosità che lo annichilisce; e meno ancora le vallate profonde, incassate, tra le rupi, che lo soffocano, che lo opprimono. Per quanto ai poeti e ai romanzieri non ci sia troppo da credere, è però assai corrispondente alle sensazioni del vero la descrizione che dà il Mirbeau dello stato d'animo d'un neurastenico in una stazione sanitaria dei Pirenei, di cui vanta il Baedeker la «sublime idilliaca bellezza». «Qui – dice il nostro neurastenico – non vi sono nè strade, nè case, nè abitanti indigeni. Non altro che degli hôtels, enormi costruzioni, simili a caserme e ad asili d'alienati, che si stendono gli uni dopo gli altri, su d'una fila, in fondo ad una gola nebbiosa e nera, ove tossisce e gorgoglia senza posa, come un vecchietto catarroso, un piccolo torrente. Di fronte, la montagna alta e tetra, di dietro la montagna tetra e alta. A destra la montagna, al piede della quale dorme un lago. E al disopra, niente cielo, grosse nubi che trascinano le loro masse opache e fuligginose da un monte all'altro. Se la montagna è sinistra, che dire di quei laghi, di cui la tinta falsa e crudele, che non è l'azzurro del cielo, nè il turchino dell'acqua, non si accorda con nulla di ciò che li circonda, e di ciò che vi si riflette?».

Il neurastenico per eccesso di lavoro cerebrale deve preferire le spiagge o le rive dei laghi o la mezza montagna, in mezzo ad una natura ricca di vegetazione, ad orizzonte aperto, a temperatura costante e mite, in ambiente tranquillo, calmo, sedativo.

*

La campagna, coi suoi orizzonti, il suo verde, i suoi silenzi, è il luogo di riposo per eccellenza, ed è alla campagna che aspirano tutti gli stanchi, i travagliati, gli esausti. Chi di questi ha la fortuna di possedere terre e ville può risolvere facilmente il problema; ma chi non si trova in questo caso può risolverlo ugualmente, se non meglio, scegliendo il luogo più adatto alla stagione, ai suoi mezzi, al suo temperamento per andarvisi a ritemprare. I luoghi dove andare sarebbero infiniti, ma oltrechè, per trovare i più adatti, bisogna cercarli, occorre pure che il luogo trovato risponda alle volgari necessità della vita.

Libero perciò chi voglia rifugiarsi in un asilo di pace, di cercarlo in una valle romita o sulla spiaggia d'un seno tranquillo, ma chi abbia il compito di consigliare altri per indicargliene uno, non può allontanarsi dalle località più note e perciò più frequentate. Del resto si ha poi un bel dire: i turisti sono come i montoni di Panurgio, che ammirano i paesaggi sulla falsa riga dei Baedeker; ma è pur certo che nulla v'è di meno interessante del paesaggio anonimo; anche il quadro di cui non si ha con chi condividere l'ammirazione perde metà dei suoi pregi.

D'altra parte, il panorama, per contemplare il quale, si debbano sacrificare tutti gli agi della vita, perde molti dei suoi naturali incanti.

Consigliare altri sulla scelta d'un luogo di riposo non vuol dire però che gli si possano trasfondere tutte le sensazioni, tutte le vibrazioni che vale a suscitare la contemplazione di un paesaggio.

Il paesaggio si sente o non si sente.

Alcuni uomini d'alto ingegno non provano alcuna emozione innanzi ai più mirabili spettacoli della natura. Sotto questo riguardo sono veri diseredati.

Voltaire, contemporaneo di Rousseau, non ha mai manifestato pei monti o pel mare un grande entusiasmo. Casanova nelle sue Memorie, ricchissime di avventure d'ogni sorta, attraverso tutta la Europa, non si trattiene mai nell'ammirazione di un paesaggio. Altrettanto si può dire di Benvenuto Cellini, che salta a pie pari le Alpi nel suo primo viaggio in Francia, come si fosse trattato di passare un ruscello.

Sentite invece quanta eloquenza in questa pagina di Rousseau:

«L'impazienza d'abitare l'Ermitage non mi permise d'aspettare il ritorno della bella stagione; e tostochè il mio alloggio fu pronto, mi affrettai ad andarvi. Da quando mi ero, mio malgrado, lanciato nel gran mondo, non aveva cessato di rimpiangere le mie care Charmettes e i dolci giorni che vi avevo passato. Mi sentivo nato per la quiete, e per la campagna; mi era impossibile di viver felice altrove; a Venezia nel turbine degli affari pubblici, nella dignità d'una specie di rappresentazione, nell'orgoglio di progetti di fortuna; a Parigi nel turbine dell'alta società, nella sensualità delle cene, nel fulgore degli spettacoli, nel fumo delle gloriole, erano sempre i miei boschetti, i miei ruscelli, le mie passeggiate solitarie, che venivano, coi loro ricordi, a distrarmi, a contristarmi, a strapparmi sospiri e desiderii. Tutti i lavori a cui avevo potuto assoggettarmi, tutti i progetti d'ambizione che avevano, ad accessi, animato il mio zelo, non avevano altro fine che quello di pervenire un giorno a quei beati ozii campestri, che mi pareva in quel momento d'aver raggiunto».

Degli scrittori italiani moderni uno dei più grandi paesisti è stato il Fogazzaro. Anche più del Manzoni, che ci ha pur dato pagine mirabili nella descrizione del lago di Lecco, della fuga dei promessi, dell'altra fuga di Renzo da Milano.

Quadri meravigliosi di efficacia cromatica, anzichè di sentimento, ci ha dato il d'Annunzio. E per citare ancora uno dei più diffusi e più amati nostri scrittori ricorderò il De Amicis, nei libri del quale le descrizioni tengono così largo spazio. Egli fu senza dubbio un valentissimo acquarellista; però vedeva i paesaggi a modo suo, li riproduceva rialzandoli con tinte vivacissime, dandone al lettore un'idea assai più smagliante del vero. Era un valente pittore, ma non un grande paesista. Non trasse mai dal paesaggio le profonde emozioni ch'esso è capace di trasfondere; certo non ne trasse mai emozioni paragonabili a quelle che gli dettavano le azioni e gli affetti più semplici delle più umili persone!

*

* *

In Italia esistono certamente pochi siti nei quali, come sul Brocken o nelle lande della Bretagna l'anima sia invasa da un sentimento di mistico terrore, oscillante fra le sublimità del cielo e l'orrore dei neri abissi. Difatti anche la nostra letteratura difetta di paurose leggende di streghe, di gnomi e di silfi.

Al contrario, e per nostra fortuna, abbiamo molti, moltissimi luoghi, nei quali l'anima si sente sollevata alle più dolci aspirazioni o cullata in un soave assopimento, nei quali le sue arsure sono calmate da una limpida rugiada e i suoi tumulti quetati, come le onde al cessare del maestrale. Son luoghi nei quali l'aria, la luce, i profumi, il silenzio ci infondono un sentimento di pace e d'amore, dai quali rifugge anche il desiderio della morte prima invocata.

Inutile ricercare a quale misteriosa origine debbano questi luoghi la loro suggestiva potenza. Esiste e basta.

I laghi hanno grandi attrattive, ma non tutti nello stesso grado. In genere quelli a sponde basse un po' rassomiglianti a vasti stagni non sono molto apprezzati. Quelli dalle rive montuose, non troppo dirute e cariche di vegetazione, sono i più vaghi e pertanto i più popolati. I laghi dell'alta Italia sono, qual più qual meno, in queste condizioni e, favoriti dal loro clima, sono senza discussione i più belli d'Europa. Nessun altro può offrire dei quadri paragonabili alle loro sponde. Ogni lago ha una sua fisonomia particolare. L'uno, come il Verbano, ha la vastità d'un piccolo mare; l'altro, come il Lario, ha le sponde ricche di giardini e di ville; un terzo come il Sebino è un gioiello per la piccolezza; un quarto, come il Benaco, ha molteplici aspetti, ove cupo di roccie a picco, ove sereno di ville e di città che vi si specchiano. Vi sono pertanto gli ammiratori d'un certo lago, che nutrono una singolare indifferenza per gli altri; vi sono alcuni che ne ammirano due o tre; ve ne sono che amano soltanto i laghi ristretti ed odiano i grandi; altri disprezzano i piccoli; vi sono perfino gli eccentrici, che vantano quel tal lago che è generalmente trascurato. Ho sentito una volta decantare il lago di Piediluco come il più bello della penisola.

I laghi delle nostre prealpi, dal Garda all'Orta si somigliano tutti e si differenziano l'uno dall'altro.

Hanno per carattere comune d'esser circondati da monti e d'aver le rive animate da boschi, parchi, ville, città e villaggi. Ma si differenziano perchè i monti sono più o meno diruti, le sponde più o meno abitate e le dimensioni più o meno vaste. Ma il carattere che non manca a nessuno è quello di offrire dei luoghi di rifugio e di riposo, che si adattano a molti temperamenti, a molte esigenze. Mantegazza riacquistò la salute a Regoledo. D'Azeglio, che possedeva un'anima d'artista, quale pochi dei nostri uomini politici hanno avuto, aveva scoperto sulla riva destra del lago Maggiore, presso Cannero, un angolo romito ove rifugiarsi dopo il periodo più agitato della sua vita tra il 48 e il 58. Vi fabbricò un villino da lui disegnato «al quale» scriveva Matteo Ricci «pose poi tanto amore che ci passava buona parte dell'anno; e quella grata solitudine gli fu di gran lenimento a molti dolori, e moltissimi disinganni».

Non lungi di lì, in località parimente solitaria si rifugiava e vi passò gli ultimi suoi anni quel medico filosofo e poeta che fu Scipione Giordano. Sulla sua villa ancora esiste una lapide coi versi seguenti:

— O Verbano, o mio bel lago

Picciol mar da le dolci acque

Da molt'anni di te vago

Pei tuoi monti errar mi piacque.

— Presso un'erma tua pendice

Il mio piede or s'arrestò;

O bel lago, il cor mel dice,

Nel tuo seno io morirò.

In tanta, varietà di aspetti e di panorami, tra così gran numero di città e di villaggi e di ville scaglionate sulle rive dei nostri laghi, è impossibile indicare l'uno anzichè l'altro. Sono a centinaia i luoghi a cui si può dirigere il piede dello stanco camminatore ed in ognuno può trovare un ristoro alle sue fatiche. Nè le rive dei fiumi, nè quelle del mare aperto infondono e suggeriscono la calma di quelle dei laghi, ove l'acqua par che riposi anch'essa ed abbia l'unico fine di specchiare i monti e le casette delle sue sponde.

È per questa ragione che sono pure attraenti e ricercati, i piccoli golfi e le insenature marine, là dove l'onda rifugge dall'agitazione e dalle violenze del mare aperto, dove ha più del lago che del mare.

È per questa ragione che la Laguna veneta, il golfo di Spezia e quello di Napoli spiegano tanta seduzione quanta ne posseggono i laghi più rinomati.

Anche le pianure hanno le loro seduzioni, ma le esercitano specialmente su coloro che vi sono nati, che vi hanno vissuto i primi anni e trascorsa la giovinezza. Conservano sempre costoro una tenerezza sentimentale per i vasti piani, però non amano troppo il mare, e si sentono addirittura mancare il respiro tra le montagne. Soffrono la nostalgia della pianura verdeggiante, come probabilmente l'arabo soffre quella del deserto.

Per tutt'altri le pianure, per quanto coltivate ed ubertose, non presentano alcun incanto. Per compiacervisi e trovarvi un luogo di riposo senza noia, occorre essere forniti di un grande potere di raccoglimento o cercarvi più che il riposo dopo il lavoro, la pace dell'anima travagliata da tempesta o da profondi dolori. È forse questa la giustificazione della Certosa di Pavia, uno dei pochi cenobii che si trovino in rasa pianura.

«La pace che spira da cotesto chiostro, – scriveva uno straniero – chi potrebbe ridirla? Fra quelle mura l'uomo si annienta, le sue passioni scompaiono e non gli rimane che un desiderio infinito di quiete, di riposo, di contemplazione».

Ma sono i monti, o almeno i terreni accidentati quelli che, con le loro variazioni di prospettiva e di colorito, con la ricchezza di sorprese, di novità, per poco che ci si muova, permettono il riposo anche senza melanconia, l'ozio senza noia.

Io qui non faccio una rassegna geografica, nè compilo un Baedeker, perciò non ho alcun obbligo di citare tutte le città d'Italia. Non faccio che ricordare così a memoria alcune di quelle che a me sembrano più atte ad offrire un asilo di pace e di riposo.

Prima, primissima fra tutte è Venezia.

Venezia è unica al mondo. E semplicemente ridicolo insinuare, come certe guide, che Amsterdam è la Venezia del Nord. Certamente tutte le città in cui vi sono canali e vecchie case che vi si specchiano, hanno qualche punto di rassomiglianza con la regina della laguna. Tali rassomiglianze si trovano in tutte le città d'Olanda, in parecchie del Belgio e magari sul naviglio di Milano. Ora, la capitale morale dell'Olanda per quanto ricca di bellezze e di canali rassomiglia a Venezia come un automobile rassomiglia ad una lettiga di gala.

Venezia è circonfusa da quell'aureola sentimentale che le hanno creato intorno i romantici del secolo scorso, ed anche questo giova a propiziarla all'anima di chi senta la poesia dei luoghi. Ma il grande, l'inestimabile pregio di Venezia è quello di non aver nè carri nè carrozze nè cavalli e perciò di non aver rumori, nè di offrire il continuo spettacolo della sofferenza e della crudeltà a cui si assiste in tutte le altre città indistintamente.

Vanterei anche il merito di Venezia di non aver mosche, mai, neppure in autunno, se non ci fossero per compenso le zanzare. Però anche su queste si è esagerato. Zanzare ve ne sono senza dubbio, ma non più di quante se ne trovino in parecchie altre città, E poi contro le zanzare funzionano benissimo parecchi mezzi difensivi; contro le mosche, che agiscono alla luce del giorno, c'è poco da fare. Per cento che se ne distruggono, ne spuntano mille.

Ad ogni modo Venezia è la città della quiete senza la solitudine, del riposo disgiunto dal tedio.

Chi vuol vivere tra i suoi simili va in Piazza S. Marco o in Merceria, chi vuol fuggirli sale in vaporetto e corre a Torcello, a Burano, a S. Giorgio maggiore, a S. Francesco del deserto o all'incantevole isola di S. Lazzaro «uno di quegli angoli del mondo – dice Molmenti – che ridono placidamente alla fantasia del viaggiatore e vi tornano sempre come un'immagine di nobiltà e di riposo».

In Venezia l'amatore d'arte non ha che a scegliere fra il palazzo ducale, il fondaco dei turchi e l'accademia di belle arti, se pure non s'accontenta di vagare per la città, ove ogni calle, ogni campiello, ogni ponte, ogni svolto di canale offre un motivo pittorico sempre nuovo, sempre originale, perchè all'arte si aggiunge la natura che anima e colorisce di riflessi e di irridescenze ognora varianti le acque dei canali e dell'ampia laguna.

*

** *

Un'altra città del Nord d'Italia, che è, sotto il riguardo dell'arte in genere e della natura in ispecie, l'opposto di Venezia e che pure è altrettanto confacente a chi cerchi riposo, è Torino. Lo è altrettanto, ma in modo assai diverso. Qui nulla di ciò che costituisce l'incanto di Venezia. Poco o niente d'antico, scarsissimi i motivi pittoreschi delle vie, assenti le tele di Tiziano e gli affreschi di Tiepolo. Bartolomeo Colleoni è appena rappresentato da Emanuele Filiberto, non meno fiero, ma moderno. Eppure, con tutte queste deficienze in confronto della regina dell'Adriatico, Torino è una delle città che più si prestano al riposo. L'ordine che regna nelle sue ampie vie, diritte, simmetriche, la estensione dei suoi viali riccamente alberati, un giardino sulla riva del Po che è senza dubbio il più bello d'Italia, i vaghissimi colli che la fiancheggiano, il panorama delle Alpi che la circondano, tutto concorre a render Torino la città nella quale chi lavora e vive della vita moderna non reca alcun disturbo a chi cerchi pace e riposo e voglia vivere di sogni e di ricordi.

Ciò che ho detto di Torino può ripetersi con opportune varianti per Firenze, che, se non ha più l'ordine severo e caratteristico della capitale piemontese, offre come distrazione alla persona colta una ricchezza d'arte che trova sole rivali Venezia e Roma. Le cascine non eguagliano il Valentino, nè l'Arno il Po, nè i colli Fiesolani hanno il verde di Superga, ma soltanto a Firenze si trova Pitti e il Battistero, la Signoria e il campanile di Giotto.

*

** *

Delle grandi città d'Italia nessuna è propizia al riposo dell'anima come le tre che ho ricordato. Non Milano troppo viva e fremente di attività moderna, non Napoli troppo chiassosa, e popolaresca, non Palermo troppo viva e troppo abbagliante, ed ormai neppure Roma a cui la rinnovata esistenza di città capitale ha soppresso tutto quanto la rendeva cara agli antichi e ai poeti, ai tempi di Goethe, di Shelley e di Massimo d'Azeglio.

Ciò non toglie che anche queste città, e Roma sopratutte, offrano ancora vie silenziose, giardini ombrosi, e viali alberati. Si può riposare anche in piazza Venezia o sotto la galleria Vittorio Emanuele o in via Toledo o in via Macqueda, ma generalmente sono più confacenti a chi non sia avido di distrazioni la villa Borghese, i Bastioni, e Mergellina e il Foro italico.

*

* *

Ed è questo il motivo pel quale, salvo motivi speciali o l'avidità di distrazioni di chi, pur cercando il riposo, non sa bastare a se stesso, alle grandi città sono spesso preferite le piccole, ove la vita scorre più lenta e più placida, specialmente per colui che è estraneo alle bizze e ai pettegolezzi locali, che tanto spesso inaspriscono la vita ed i costumi degli indigeni.

Tra queste città secondarie non c'è, per servirsi di frase volgare, che l'imbarazzo della scelta, tanto più quanto al nome di esse si leghino ragioni d'arte, di paesaggio, di clima, e... di ricordi.

Io ho sentito molti detestare una piccola città lombarda silenziosa, che è anche semideserta quando l'Università è chiusa, che è umida e talvolta anche tetra, irta di torri e ricca di medio evo, dormente in rasa pianura sulla riva d'un rapido e limpido fiume. Ebbene questa città, a cui mi legano i ricordi della prima giovinezza, rappresenta per me l'ideale di un luogo di pace e di raccoglimento; e più d'una volta, partendo da luoghi lontani mi vi sono ritirato per breve tempo a riposarvi dalle fatiche di uno o più anni.

A parte questi motivi sentimentali, vi sono città che fra le altre sembrano a tutte preferibili pel fine di cui qui mi occupo. Cito fra le tante quelle che si aprono sulle rive d'un lago, quali Como, Intra e Desenzano; cito Vicenza, tanto giustamente amata da Fogazzaro e da Zanella; cito Ferrara e Ravenna piene di ricordi e vuote d'abitanti. La Toscana ne possiede parecchie di coteste cittadine gaie, quiete e tutte fregiate da nomi di grandi artisti e da squisite opere d'arte.

A Siena, per esempio, l'amenità del paesaggio non è superata che dalla dovizia dell'arte e dalla nobiltà dei ricordi storici. Ivi – come si esprime il Rusconi –

«tra il mirabile silenzio, unico fra le tante città taciturne e solitarie, la vita antica palpita ancora con l'entusiasmo delle cose che persistono pur dopo la morte».

La quiete di questa città, non disgiunta da una serena gajezza, e confortata da visite lente e non affrettate agli affreschi del Memmi, del Lorenzetti, del Di Bartolo, del Beccafumi, ai bassorilievi di Iacopo della Quercia, del Ghiberti, del Donatello, e da passeggiate per le vie della città strette e tortuose secondo i medioevali precetti di difesa, nelle quali è dato ammirare i palazzi Tolomei, Sansedoni, Grottanelli ed il palazzo pubblico e quel meraviglioso Duomo, ove Taine passava lunghe ore di ammirazione, costituisce il più opportuno ambiente al riposo, al ristoro del sistema nervoso affaticato.

Press'a poco lo stesso può dirsi di Perugia, più severa ed in certi angoli anche tetra, meno ricca d'arte, ma che ha pure molti punti di rassomiglianza con Siena. Anche a Perugia dolci ore di riposo possono trascorrere nella contemplazione del classico paesaggio umbro alternato a quella delle opere del Perugino e di frate Angelico.

Se poi al riposo si vuole aggiungere la serena meditazione mistica, non ascetica, non c'è che da trasferirsi alla vicina Assisi, dove aleggia tuttora, tra gli affreschi di Giotto la dolce figura del vero santo, di S. Francesco.

E saltando d'un tratto in Sicilia, vi noto due piccole città, che hanno sopra ogni altra, il pregio della quiete in un paesaggio incantevole e sotto un cielo di cobalto, pochi giorni dell'anno solcato da nubi minacciose. Acireale adagiata su un altipiano ricchissimo di vegetazione, che sale lentamente verso l'Etna superbo e contempla ai suoi piedi il Jonio azzurro; e Siracusa, la perla della Sicilia orientale, ove i ruderi dell'antica grandezza, i colonnati dei tempii e le gradinate dei teatri rendono più dolce e serena intessendola di storia e di miti, la placida calma della città moderna. Per chi cerchi i comodi della vita, aggiungerò che il riposo a Siracusa vien reso facile e gradevole da splendidi alberghi.

Chi contempla dalla «Villa Politi» le latomie sottostanti e il teatro greco che splende al sole e i giardini che si stendono fino al mare, pur vedendo in distanza le navi che entrano ed escono dal porto cariche di ascari e di soldati, dimentica facilmente la Libia e le navi romane bruciate da Archimede, per non ricordare che gli idilii di Mosco e le tragedie di Eschilo.

*

* *

A chi poi voglia allontanarsi dalle grandi e dalle minori città, le nostre Alpi e le Prealpi offrono al turista, come al cittadino stanco dei lavori d'ufficio o delle ricerche di laboratorio o delle ansie del commercio, tanti e sì svariati rifugi che il compilarne una lista equivarrebbe a ripetere una Guida.

Da Vinadio a Courmayeur, da Madesimo a Recoaro è tutta una sequela di stazioni di riposo ove gl'incanti della natura sono completati dalle risorse dell'arte.

Ma sono tutti asili estivi. L'inverno vi ha pure le sue seduzioni, ma sono seduzioni sportive, poco conformi allo scopo di chi cerchi riposo. Scendendo più a mezzogiorno si incontrano sull'Appennino località di cui si può fruire più largamente, specialmente lungo l'arteria ferroviaria Bologna-Firenze. La celebrità dell'Abetone, scoperto da Mantegazza, non ha bisogno d'esser illustrata.

Una località altrettanto riputata e anche di più facile accesso e ricca di un comfort che nulla toglie alla solenne pace del luogo è Vallombrosa. Non è difficile immaginare che cosa fosse Vallombrosa nel secolo decimo, quando i boschi si stendevano fin sulle rive dell'Arno e poche strade mulattiere permettevano di circolare in quel mare di quercie, di faggi e d'abeti. San Gualberto vi fondò un vasto convento, perchè non era facile trovare luogo più isolato dal mondo, più solenne d'ombre e di silenzio. In tempi torbidi, feroci, nessun rifugio presentava più sicuro riposo, più profonda pace. Oggi vi sono sempre i boschi, vi è la mistica grandiosità del paesaggio, vi è sempre il fagus iste piantato dal santo, ma il convento è occupato dalla scuola forestale, le sue vicinanze sono popolate di grandi alberghi e di villini, il bosco è solcato da ampie strade ed una ferrovia di montagna vi sale in un'ora, staccandosi dalla grande arteria Firenze-Roma.

È pur sempre come nel 1000 un luogo di riposo, ma di riposo alla moderna, con tutti gli agi e i comodi della vita. Malgrado la ferrovia, le automobili e gli alberghi è uno dei siti in cui si può sempre godere di una vera quiete, allietata, per chi vuole, dalle piccole distrazioni delle stazioni climatiche, lontane da città e villaggi; ma rispettata, per chi preferisce la solitudine e l'aria balsamica della foresta.

*

* *

Se invece di attenerci ai monti vogliamo cercare un asilo lungo il mare, ne troviamo in così gran numero lungo la Riviera di ponente, e di così deliziosi, piccoli, direi quasi concentrati, lungo la Riviera di levante, fino al golfo della Spezia, che, anche in questo caso, solo ostacolo può essere l'imbarazzo della scelta.

La costa, pianeggiante, spesso malarica, poco ospitale dalla Spezia a Napoli, riprende nuovi incanti da Napoli fino all'estremo della Calabria e lungo i due lati settentrionali ed orientale della Sicilia. Meno ridente, meno svariata la spiaggia adriatica, benchè offra pur essa, varii punti nei quali, anche fuori della stagione dei bagni, si può trovare un confortevole rifugio.

*

* *

La ferrovia che scende da Napoli verso Salerno, dopo aver corso per una ventina di chilometri lungo il litorale, a piè del Vesuvio, giunta a Pompei si allontana dal mare, volge dietro i monti di Castellamare e poi si addentra in una valle sempre più angusta e sempre più verdeggiante di boschi e ricca di ville. Alla stazione di Cava dei Tirreni la strada è così strettamente incassata tra monte e monte che dalla stazione stessa il viaggiatore non vede nulla della città che le dà nome, e quando lascia il treno deve salire una scala per raggiungere il piano di Cava.

Già nelle gaje, pulite vie di questa graziosa cittadina si sente di essere in un luogo che si presta alla quiete, al riposo, ma un luogo un po' banale, che in fondo rassomiglia a tant'altri. Allora per una strada carrozzabile che, partendo da Cava, serpeggia sul fianco del monte e sempre tra una fitta vegetazione di boschi e di giardini, ci si avvia verso una meta che viene indicata come luogo degno di esser visto. Le vedute che man mano si scoprono sono sempre più amene e pittoresche, ma la serena bellezza del paesaggio si rivela maggiore quando, in poco più d'un'ora, si giunge alla Badìa. È questa un vasto ed irregolare edificio, che comprende chiesa, convento, biblioteca, collegio, e che si spiega sul fondo d'una valle romita. Il luogo è incantevole, la pace vi regna solenne. Nelle vicinanze qualche villa accoglie ospiti e se ben ricordo v'esiste anche un albergo modesto e pertanto più desiderabile.

Se invece di volgere nell'interno, da Torre Annunziata proseguiamo per Castellamare, vediamo già nelle ville che sovrastano a questa città luoghi di tranquillità, di silenzio e di pace. Se poi col tram elettrico, che corre lungo la costa a piombo sul mare, ci inoltriamo fino a Sorrento, troviamo in questa cittadina e nei suoi dintorni quanto si può desiderare a soddisfazione dello spirito e della materia. È uno di quei siti così noti, decantati e frequentati che il ripeterne le laudi è opera ormai superflua.

*

* *

Un altro sito notissimo agli stranieri, ma un po' meno agl'Italiani e che perciò merita qualche più largo cenno è Taormina. Che cosa è Taormina? È nulla ed è tutto. È una modesta cittadina di poche migliaia d'abitanti, che non avrebbe maggior importanza di tant'altre città-villaggi delle coste di Sicilia, se non fosse posta sul fianco d'un monte, ad una modica altezza, d'onde si vede al disotto il mare, a sinistra la costiera fino allo stretto di Messina, a destra l'Etna maestoso e fumante ed in mezzo a tutto ciò frammenti architettonici di tutte le civiltà, che hanno sfiorato o dominato la Sicilia, preminente su tutte la greco-romana con gli avanzi del suo impareggiabile teatro. Taormina si è detto, è null'altro che un paesaggio, ma un paesaggio tale che non v'ha forse altro che lo uguagli.

Per poco che risplenda il sole, e raramente manca, è una festa di colori che supera quella del golfo partenopeo. Specialmente tra il febbraio e l'aprile, l'azzurro del mare, il candido manto dell'Etna, i toni caldi delle rocce, la nevicata dei mandorli in fiore e, su questo insieme un cielo di cobalto, che i pittori tentano invano di riportare sulla tela, sono tale contrasto ed armonia al tempo stesso, si fondono in una siffatta gloria policroma, che l'occhio dell'artista ne resta estasiato e lo scrittore s'avvede della sua impotenza a ritrarre quelle tinte e quei contrasti e quelle armonie.

A Taormina diventano tutti pittori e non lo è nessuno. Tutti i dilettanti che vi giungono la prima volta, mettono mano alla tavolozza, illusi di poter carpire il segreto di quella bellezza, ma anche i migliori non riescono ad oltrepassare i pregi della fotografia colorata.

Anche Taormina un tempo, voglio dire vent'anni fa, era più disadorna, serbava un profumo di semplicità, d'ingenuità che incantava. Non si trovava facilmente dove alloggiare, nè era sempre facile metter insieme un pranzo. Adesso vi si trova di tutto; i più ricchi hôtels e i più vaghi villini vi accolgono una piccola colonia stabile e una numerosa fluttuante di viaggiatori, in maggioranza stranieri. Nondimeno è ancora una di quelle stazioni ove è possibile il raccoglimento, la tranquillità, il riposo.

Press'a poco come a Capri, che è forse il solo sito, nell'Italia meridionale, paragonabile a Taormina. Anche a Capri l'orizzonte è chiuso dal mare e da un vulcano e coperto da una volta azzurra; anche a Capri le rocce hanno quelle tinte dorate che armonizzano così bene con quelle della vegetazione locale; anche qui villini e pensioni e alberghi di tutte le gradazioni; ed anche qui purtroppo, ed anche più che a Taormina un'orrenda esposizione di tabelle e manifesti anglo-tedeschi. Come Taormina, Capri par creata apposta per la calma dell'anima e il riposo del corpo, per la tranquillità senza la noja.

*

* *

Parrà strano a qualcuno che fin qui sia rimasto nelle mie indicazioni entro i confini del nostro paese; che non abbia accennato almeno alla Svizzera, al grande parco d'Europa, ove migliaia d'alberghi sontuosi e mediocri alloggiano ogni anno milioni di forestieri. Ma sembrerebbe anche più strano che avessi la pretesa di far un elenco di tutti i monti, i laghi e le valli e gli alberghi, tanto più che la mia, purtroppo larga, esperienza di essi mi ha mostrato che per molte ragioni non si prestano a sedî di riposo come parecchi altri siti che abbiamo in casa nostra, a meno che non si tratti di riposi forzati, come quelli che vi si è sovente costretti a fare tappati in casa da pioggie incessanti.

E poi, oltre alla Svizzera, vi sarebbero da citare tante altre località del Tirolo, dell'Austria, della Savoia in ispecie e della Francia in genere, della Foresta nera e del Reno, che non ne uscirei se non con parecchi volumi. E bastano i Baedeker.

Voglio soltanto permettermi un accenno che dimostri come in ogni caso il compito sarebbe arduo, superiore alle mie forze e probabilmente anche alla pazienza del lettore. Senza dire che a meno di fare ogni anno una nuova edizione del libro si corre pericolo di dare indicazioni sbagliate poichè anche le condizioni locali vanno soggette a variare.

V'è nel Belgio, a poca distanza dal mare del Nord, che nel medio evo vi frangeva le sue onde, una città che appunto per ciò è ricordata nella Divina Commedia

Quale i Fiammenghi tra Guzzante e Bruggia

Temendo il flotto che in ver lor s'avventa,

Fanno lo schermo per che il mar si fuggia.

Questa città è Bruges o Brugge che dir si voglia, notissima nel mondo letterario e turistico come quella che accoppia ai ricordi d'una vita gloriosa e tumultuosa una pace odierna monastica. Tal quale come Pisa o Ravenna o Siena.

Che cosa non si è detto e scritto su Bruges? Bruges la melanconica, Bruges la morta! Fogazzaro, l'ultimo dei romantici, vi ha messo alcune scene del suo Santo. Il Rodenback ne ha fatto il teatro d'un suo romanzo, intitolato appunto Bruges la morte. Tutti i viaggiatori che vi sono passati vi hanno dedicato parecchie pagine se erano scrittori, o molte lettere all'amica lontana se erano almeno un po' grafomani.

Anch'io parecchi anni fa ho vissuto ed ammirato Brugge, ho provato la sensazione della calma profonda, mistica e soave della vecchia città tagliata all'antica, con case antiche, abitate da gente all'antica, con strade piccole e tortuose in cui a lunghi intervalli passava qualche cittadino, che pareva camminasse in punta di piedi per non far rumore.

Anch'io mi son torto il collo per guardare fino alla cima il suo antichissimo beffroi che veglia come un gigante mummificato su quella folla di acuti comignoli.

E partii da Bruges convinto non già che fosse una città morta, fatta pei morti più che pei vivi; non già che fosse tutta un beguinage fatto per piangervi o per pregare, ma che fosse un luogo atto a riposarvi, d'un riposo non disgiunto da un po' di tedio.

L'assenza di persone, di movimento, di vita nelle vie, nelle piazze, nelle case, nei siti dove ce ne dovrebb'essere è tanto fuori luogo come il chiasso, il tramestio in una foresta o su d'un ghiacciaio. È gradevole il silenzio assoluto nelle chiese, nei camposanti o in aperta campagna, non nella città. Qui riesce quasi odioso, come riesce odiosa la folla, il rumore, la confusione, il tramestio delle grandi città moderne. Mi pareva che il quieto raccoglimento di Bruggia, dovesse piacere a chi fosse in cerca di riposo, ma per poco come una nenia che, tirata in lungo, stanca ed annoia.

E durai in questa credenza fino all'anno scorso, allorchè viaggiando per riposare, capitai un'altra volta nella città fiamminga, ahimè, quanto deturpata. Vi hanno impiantato degli opifici, il che importa qualche centinajo e forse migliajo di operai che cantano alla sera e fischiano alla mattina, e, come in tutta la regione, abusano della bicicletta; vi hanno impiantato delle linee di tram, che attraversano la città scampanellando irosamente, forse perchè v'è poca gente da investire; l'hanno illuminata a luce elettrica e vi hanno permessa la circolazione delle automobili e relative trombe, che da tutti i punti vi accorrono per ammirare Brugge la silenziosa, Bruges la morta!

I futuristi possono gioirne, ma gli artisti versano amare lagrime.

Se non vi fossi passato questa seconda volta l'avrei consigliata come rifugio agli stanchi, ai molto stanchi, ma ormai dubito di farlo, a meno che sulle rive del Lac d'amour non scoprano qualche angolo ove non passino nè tram, nè auto, nè motociclette, nè alcun altro dei fastidiosi e faticosi strumenti della civiltà moderna.

FINE.